Sechs Erzählungen von der Liebe und vom Tod

Peter Otto Kreiner

© Peter Otto Kreiner 2017

Herstellung und Verlag:
BoD - Books on Demand,
Norderstedt
ISBN 978-3-7431-1176-9

Der Autor

Peter Otto Kreiner, geboren am 18. Juli 1947 in Steyr. Schreibt Kinderbücher, Krimis und Erzählungen.

Geschichten von der Liebe und vom Tod
(Ein Vorwort)

Liebe und Tod! Zwei ultimative Ereignisse in unserer Existenz. Nicht jede Geschichte endet mit dem Tod. Manchmal bedarf es nicht des Todes, dass eine Geschichte tragisch endet. Es genügt, dass eine Episode unwiederbringlich zu Ende geht und so einen glücklichen Ausgang nicht zulässt. Sei es, dass zwei Liebende sich trennen müssen, sei es, was die tragischere Form darstellt, dass beide in die Routine des Alltags abrutschen und langsam aber sicher die echte Zuneigung durch Gewohnheit ersetzt wird.

Manchmal bezeichnet man, besonders in Frankreich, die Liebe als den kleinen Tod. Besser könnte man es nicht ausdrücken. Wenn jemand wirklich liebt, dann stirbt seine bisherige Person, er ordnet alles dieser Liebe unter. Aus Feiglingen werden Helden, aus Zwergen Riesen, und selbst aus Lethargikern können grimmige Aggressoren werden. Liebe macht blind. Wie könnte sie sonst funktionieren? Gäbe es die rosarote Brille nicht, die unangenehme Eigenschaften gnädig kaschiert, wäre die Menschheit bereits ausgestorben. Liebe hat in letzter Konsequenz den Sinn, Leben entstehen zu lassen oder zumindest menschenwürdig zu ermöglichen. Der Tod ermöglicht der Liebe aber, einen geraden Schlussstrich zu ziehen, ohne Schuld, bitteren Beigeschmack, oder schlechtem Gewissen.

Und was ist mit dem Tod? Wozu muss der sein? Nun, in der Natur hat er den Sinn, die Evolution zu ermöglichen. Wie soll sich Leben weiterentwickeln, wenn es nicht eine Kraft gibt, die ihm Platz schafft? Nur, der Tod hat seine Zeit. Wenn die Uhr abgelaufen ist, tritt er ein und man kann ihn nicht verschieben oder verhindern. Allerdings manchmal tritt er ungeplant oder viel zu früh ein. Dann ist er tragisch. Gerade in Verbindung mit der Liebe tritt dieser Fall oft ein. Liebe und Tod, das sind ungleiche Zwillinge.

Darüber Geschichten zu schreiben hat einen großen Reiz und stellt eine Herausforderung der besonderen Art dar. Ich hoffe, es ist gelungen.

Die Mär vom Big Mac

Wenn man von Steyr kommend entlang der heutigen Bundesstraße nach Enns fährt, dann kommt man im Gebiet der Gemeinde Dietach über den sogenannten „Heuberg". Kurz nach der Bergkuppe biegt eine Straße nach links ab. In deren Verlauf, nach ungefähr zwei- bis dreihundert Meter sieht man Linkerhand eine kleine Kirche, welche zu der Ortschaft Stadlkirchen gehört.

Dieses Stadtkirchen hatte im Mittelalter und auch noch später ein herrschaftliches Schloss, welches besonders zur Zeit der Türkenkriege des Öfteren überfallen und schwer in Mitleidenschaft gezogen wurde. Heute ist es verschwunden und nur einige dieser Geschichten von damals sind noch erhalten. Eine dieser Begebenheiten wird hier im Folgenden erzählt:

Im Jahr 1683 zog der Pascha Schani, ein Kriegsherr der Türken, mit einem Schwarm Berittener durch das Land ob der Enns. Von Amstetten kommend, schwärmten seine Horden durch das Land, überall Not und Elend, Brand und Plünderung zurücklassend. Seine Wege führten ihn auch nach Steyr. Dort jedoch hielten die Bürger gute Wacht und so schien es ihm zu riskant, einen Überfall auf die Stadt zu wagen, zumal seine Scharen nur mit leichten Waffen ausgerüstet waren, welche gegen die Geschütze, die auf der Ennsleiten und insbesondere auf der Schanze zur Fischhub untergebracht waren, wenig Chancen auf Erfolg hatten.

Auf der Anhöhe am linken Ufer der Enns, dem heutigen Tabor, schlug er sein Lager auf und begann die Gegend zu erkunden. Aber überall, wo seine Kundschafter hinkamen, stießen sie auf eine intakte Verteidigung der Stadt. Er entschloss sich daher, zusammen mit seiner Truppe die Stadt in Richtung Norden wieder zu verlassen, und so führte ihn sein Weg nach Dietach.

Die Bürger von Dietach waren vorgewarnt, die wenigen, die blieben, hatten sich in der Kirche verbarrikadiert, und, weil die umliegenden Gehöfte jetzt ohne Bedeckung waren, konnten die Türken dort nach Herzenslust wüten. Sie brandschatzten, sie plünderten in der Ebene nördlich von Gleink. Die Bürger von Dietach, welche in der Kirche festsaßen, blieben jedoch unbehelligt. Offenbar schien angesichts der so schon reichen Beute ein Angriff mit den zugehörigen Opfern auf die wohlbewehrte Kirche eher sinnlos und unterblieb daher.

In Steyr war damals gerade eine schottische Handels- und Militärmission unterwegs, welche bei den Waffenschmieden der Eisenstadt Ausschau nach brauchbaren Schwertern und Harnischen und ähnlichem Wehrzeugs hielt. Steyr hatte nämlich einen weit über das damalige Österreich hinausreichenden Ruf als Waffenschmiede und Rüstkammer des Reiches erworben, weshalb ständig Delegationen aus allen Herren Ländern hier vorsprachen und die Erzeugnisse der tüchtigen und fleißigen Schmiede und Eisenarbeiter gerne erwarben.

Dieser Mission gehörte auch ein schottischer Hauptmann an, welcher McCann hieß und der aufgrund seiner Körpermaße seines grimmigen Aussehens überall auffiel. Seine Kumpane nannten ihn deshalb auch „Big Mac" und unter diesem Namen war er auch in seiner Heimat bekannt und gefürchtet. Sein raues, polterndes Wesen, seine Vorliebe für derbe Späße und Alkohol, seine Tollkühnheit, ja Verwegenheit im Gefecht, verbunden mit seinen Körperkräften machten ihn zu einer Figur, um die sich schon zu Lebzeiten Legenden rankten.

Eines Tages traf er hier in Steyr das liebliche Fräulein „Derer von Stadlkirchen", einer

Tochter der dortigen Schlossherrin. Deren Zartheit und Liebreiz brachte den rauen Burschen fast um den Verstand. Zwei Wochen lang ritt er jeden Tag vom Steyrdorf, wo er beim Wirt „Zum roten Hahn" wohnte, hinaus zum Schloss und stand dort stundenlang im Schatten einer großen Ulme, ganz in Gedanken versunken. Obwohl er sicherlich eine bedeutende Erscheinung war, fehlte ihm der Mut, bei der Mutter des schönen Fräuleins vorzusprechen und so begnügte er sich damit, ihr hier einfach nahe zu sein.

Als nun die Türkenbedrohung immer deutlicher wurde, bewegte er einen Steyrer Hammerherrn, der der Herrschaft von Stadlkirchen gut bekannt war, der Schlossherrin auszurichten, dass er, sollte es gewünscht werden, gerne die Verteidigung des Schlosses gegen die Reiterhorden organisieren wolle, sofern die nötigen Knechte dafür abgestellt würden. Die Herrin von Stadlkirchen hatte jedoch einen Verwalter, welcher ihr davon abriet, das Schloss zu befestigen, da er der Meinung war, dass die Türken angesichts der mächtigen Schanzen bei Ernsthofen und Steyr erst gar nicht in diese Gegend kommen würden. Sollte der unwahrscheinliche Fall eintreten, dass dennoch Türken, durchkämen, würde sie ein befestigtes und verteidigtes Schloss ganz sicher eher zum Angriff reizen und damit ebenso sicher der Verwüstung und dem Verderben preisgeben.

Big Mac war das gar nicht recht, doch was blieb ihm über, als sich zu fügen. Seine Mission bereitete die Abreise vor, doch er entschloss sich, mit sieben Mann, welche bei ihm bleiben wollten, noch in der Stadt zu verweilen. Sollte er gebraucht werden, wäre er zur Stelle.

Als nun die Türkenscharen durch das Ramingbachtal nach Steyr zogen, mussten sie wohl oder übel am rechtsseitigen Ennsufer halt machen, denn die Brücken der Stadt waren von den mächtigen Schanzwerken gesichert. Allerdings gelang es einer Streifschar, eine Furt über die Enns zu finden. In der Gegend von Hausleiten konnte das Kontingent die Enns durchqueren.

Pascha Schani versuchte nun, von Norden her in die Stadt zu gelangen, doch ein paar Kanonenschüsse zeigten ihm bald, dass man hier auf der Hut war. Daher zog er eben nach Norden wieder ab, wobei er in der Gegend des Klosters Gleink ein Scharmützel mit einem Trupp Kaiserlicher zu bestehen hatte, welche sich allerdings hinter die sicheren Mauern des Klosters zurückziehen konnten. Von dort schossen sie mit leichten Feldschlangen auf die

osmanischen Reiter, welche das Kloster umkreisten. Dieses Spiel ging einen ganzen Nachmittag bis zum Einbruch der Dunkelheit, ohne zu einer Entscheidung zu kommen.
Big Mac hatte sich mit seinen Mannen danach auf den Tabor begeben, den dortigen Wachtturm bestiegen und schaute sorgenvoll gegen Norden. Von ferne hörte man das Donnern der Schüsse, in der Umgebung des Klosters stiegen vereinzelte Rauchsäulen auf und man konnte die Reiterhorden der Türken sogar mit freiem Auge ausmachen. Doch noch war alles unterm Heuberg konzentriert, hauptsächlich in der Gegend von Gleink, daher konnte er hoffen, dass seiner Angebeteten noch rechtzeitig die Flucht gelungen war. Sollten sie erst die Gegend von Kronstorf erreichen, waren sie in Sicherheit, denn dort standen die Kaiserlichen.
Die Herrin von Stadlkirchen hatte sich allerdings ganz auf die Einflüsterungen ihres Verwalters verlassen, und selbst als man vom Heuberg aus bereits die brandschatzenden Horden sehen konnte, glaubte sie ihm noch. Er sagte, eine Flucht wäre derzeit hundertmal gefährlicher, denn seiner Einschätzung nach würden die Kaiserlichen versuchen, den Türken den Weg nach Enns zu versperren und sie in die Gegend von Wolfern und Losensteinleiten

abzudrängen. In einer Kutsche wäre man aber einzelnen Versprengten, mit welchen man immer rechnen musste, hilflos ausgeliefert, weshalb ein Verbleib in den sicheren Mauern des Schlosses anzuraten sei.

Big Mac konnte jedoch sehen, dass sich die Horde unten in der Gegend des heutigen Dietachdorf zum Nachtlager einrichtete. Die Kirche von Dietach wurde von ihnen keines Blickes gewürdigt, sie hatten in Gleink ihre Lektion gelernt und keine Lust, sich dort blutige Köpfe zu holen. Ihre Lagerfeuer waren vom Wachtturm zu Steyr deutlich zu sehen, sonst jedoch war es jetzt ruhig. Vereinzelt brannten noch ein paar Häuser, aber auch deren Glut war schon am Erlöschen.

Mitten in der Nacht entschloss sich Big Mac plötzlich zu einer seiner Taten, die ihn berühmt gemacht hatten. Er forderte seine Schar auf, mit ihm hinaus zum Heuberg zu reiten und dort nach dem Rechten zu sehen. Sie umwickelten daher die Hufe ihrer Pferde mit Wolllappen um deren Schritt zu dämpfen und ritten langsam und leise entlang des Hanges nach Dietach.

So ein Ritt ist sicherlich kein Kinderspiel, denn sie waren nur zu acht gegen ein paar Hundertschaften Türken, daher mussten sie darauf achten, unentdeckt zu bleiben.

Entsprechend langsam kamen sie auch voran. Sie waren erst gegen Morgengrauen auf der Höhe des Ortes Dietach und mussten, damit sie nicht entdeckt würden, in einer Brandruine Deckung suchen. Hier war alles bereits niedergebrannt, deshalb würde auch kein Türke mehr hierherkommen. Man konnte aber von hier aus gut das Feldlager des Feindes überblicken, weshalb sie beschlossen, vorläufig hier zu verweilen.

Bald war Bewegung im Lager, an ein unbemerktes Wegkommen war jetzt nicht mehr zu denken. Die Türken nahmen Aufstellung und dann zogen ihre Scharen los. Ein Trupp von ungefähr zweihundert Mann zog durch den Wald in Richtung Staning, ein kleinerer Trupp machte sich auf den Weg über den Heuberg.

Die Herrin von Stadlkirchen saß gerade beim Frühstück, als ihr ein Diener atemlos die Nachricht brachte, dass, entgegen der Vorhersage ihres Verwalters, die Türken nicht nach Westen, sondern nach Nordosten zögen. Damit war aber zu erwarten, dass sie innerhalb der nächsten Stunde das Schloss erreichen würden. Aufgeregt ließ sie anspannen und ihren Verwalter rufen, der aber hatte längst schon vorsorglich das Weite gesucht. Zwei Diener-innen, zwei ältere Knechte mit

Dreschflegel und ein Bauernjunge als Kutscher waren die Begleitung von ihr und ihrer Tochter. Kein Bewaffneter, kein zuverlässiger Kriegsmann, nichts, was sie vor den blutdürstigen Horden schützen konnte.

Als die ersten türkischen Krieger aus der Richtung des Ennsflusses herankamen, bog ein kleiner Trupp Kaiserlicher zum Schloss ein. Sechs Mann und zwei Verwundete auf einem Pferd waren es und sie suchten eine Gelegenheit, sich zu verteidigen. Das Schloss schien ihnen dazu geeignet.

Sie sprangen ab, suchten hinter den festen Mauern Zuflucht und feuerten von hier ihre Musketen auf die türkischen Reiter. Das hielt diese davon ab, sofort die Verfolgung der Kutsche aufzunehmen und so konnten diese in Richtung Thann entkommen.

Big Mac hatte mit seinen Leuten den Abzug beobachtet und, als er die Gelegenheit für günstig befand, entschloss er sich, hinter Dietach vorbei in Richtung Thann zu ziehen. Von hier aus, das wusste er, konnte er zur Not dem Schloss und seinen Bewohnern beistehen.

Der Wagen der Schlossherrin kam gut voran und schon bald sahen sie den Bannwald von Thann. Waren sie einmal dort, waren sie zumindest wesentlich sicherer als hier auf der freien Flur. Die Türken waren jedoch tüchtige Reiter, schnell zu Pferd und auch nur leicht bewaffnet, sodass vor ihren Streifen niemand sicher sein konnte. So kam es, dass, als die Kutsche schon in der ganz in der Nähe des Bannwaldes war, ein Trupp Türken, welche hier schwadronierte, ihrer ansichtig wurde und sofort auf sie losstürmte. Zwar drehte die Kutsche in voller Fahrt um, doch an ein Entkommen war nicht zu denken.

Big Mac ritt mit seinen Männern einen scharfen Galopp. Trotz des dumpfen Getrappels der Hufe hörte er Geschrei und kam gerade dazu, wie die Türken die Kutsche überfielen. Sofort zog er sein Schwert und obwohl sie deutlich in der Minderzahl waren, griffen sie wacker an und der Kampf wogte hin und her. Der Kutscher versuchte, die Gunst der Stunde zu nützen und im Schutz des Getümmels mit dem Fuhrwerk zu fliehen. Dazu wendete er nochmals die Kutsche, welche jedoch diesmal von den scheuenden Pferden umgeworfen wurde.

Plötzlich, wie ein Geist, kroch das Fräulein von Stadlkirchen inmitten des tobenden Kampfes aus der Tür der umgeworfenen Kutsche. Schon sprengte ein Türke mit erhobenem Krummschwert auf sie zu, als Big Mac den Gegner, mit dem er gerade focht, mit der

Linken am Gürtel fasste und mit Macht gegen den herannahenden Feind warf. Beide kamen zu Sturz und Big Mac nahm das Mädchen in den Arm, schwang sich mit ihr auf sein Pferd und in wildem Galopp sprengte er in Richtung Schloss davon. Seine Kameraden sahen ihn fliehen und daher zogen auch sie sich zurück, was wiederum den Türken erlaubte, hinter Big Mac nachzujagen.

So an die hundert Meter vom Schloss, dort wo heute das Bauernhaus neben der Kirche steht, rief er laut hinüber zum Schloss, sie mögen das Tor öffnen, damit er hineinpreschen könne. Doch der Führer der Kaiserlichen weigerte sich, weil er befürchtete, dass auch Türken mit hereinkommen könnten. Als Big Mac so ganz nahe zum Schloss kam und sah, dass er hier keinen Schutz finden konnte, rief er einem der Kaiserlichen, die dort auf der Mauer standen zu, er möge fangen, und warf, so als wäre es eine Puppe, das Mädchen hinauf auf die Mauer. Er jedoch drehte um und sprengte nach Westen davon.

Kaum sahen seine Feinde, dass er das Mädchen in Sicherheit gebracht hatte, nahmen sie mit lautem Kriegsgeschrei seine Verfolgung auf und dort, wo der Bach vom Hang in die Ebene fließt, schnitten sie ihm den Weg ab und er musste sich wohl oder übel zum Kampf stellen.

Mächtig wogte das Getümmel hin und her, doch schließlich waren der Feinde zu viele und er stürzte verwundet vom Ross.

Im Schloss wollte man ihm beistehen und schoss mit Pistolen und Musketen auf die Muselmanen. Eine verirrte Kugel traf den Big Mac genau in die Stirn und so starb ein wackerer Kämpe fern seiner Heimat.

Zwei Tage später waren die Türken wieder weg und alles war wieder friedlich. Der tapfere Krieger wurde mit seinen toten Kameraden neben der Kirche von Stadlkirchen beigesetzt. Weil aber niemand genau wusste, wie der richtige Name des Big Mac war, blieb sein Grab unbeschriftet.

Das Fräulein von Stadlkirchen nahm aber kurz darauf den Schleier und trat in das Karmeliterinnenkloster ein. So hielt sie ihrem Retter die Treue über den Tod hinaus.

Der Mentor

Das Tor der großen, grauen Halle öffnete sich und die Musiker nahmen Aufstellung. Dann erschien schon der Sarg, den vier grau livrierte Friedhofsbedienstete trugen. Sie hoben ihn auf einen weißen Wagen, den vier Schimmel zogen. Jetzt folgte erstaunlicherweise ein Priester und vier ältere Personen, die ich nicht kannte. Hinter denen formierte sich der Trauerzug, der hinausführte auf den Friedhof, Grab 907. Wie oft waren Piet und ich hier gestanden, wenn er zum Grab seiner Familie ging. Jetzt wurde er selbst dort vergraben. So wie ein Stück Holz oder ein großer Stein.

„Vergraben" war ein Ausdruck von ihm. Nicht begraben, nicht eingegraben, nein „vergraben" nannte er das, was mit ihm dereinst geschehen würde, wenn sich sein Leben zu Ende neigte. Nein, wieder nicht der richtige Ausdruck! „Wenn meine Seele müde wird und sich nach Ruhe sehnt" pflegte er das Sterben zu umschreiben. Er war immer schon dramatisch, im wahrsten Sinne des Wortes.

Piet, wie sein richtiger Name lautete und wie er wollte, dass ich ihn nenne, war zeitlebens ein gefeierter Literat gewesen. Ich, der kleine Anfänger, lernte mein Handwerk von ihm. „Du darfst mich nicht kopieren. Du wärst eine schlechte Kopie, die niemand will. Sei du selbst, mit allen Ecken und Kanten. Schreibe so, wie du fühlst, nicht wie man will, dass du schreiben sollst. Kritiker sollen zu deiner Unterhaltung dienen, je mehr sie dich verreißen, desto mehr kannst du über sie lachen und ihren Neid fühlen. Das ist echter Spaß, mehr als alles andere."

Piet war so, wie er mir geraten hatte, zu sein. Wir zogen damals um die Häuser, er, schon an die Vierzig, ich knapp dreiundzwanzig Jahre alt. Weiß der Teufel, was er an mir fand. Er behauptete, ich schriebe Dinge, die ihm nie einfallen würden. Doch ich empfand das gar nicht so. Neben ihm verblasste ich.

Piet war wie das Licht für Motten, dauernd waren wir von Möchte-gern-Literaten umgeben. Auch von Frauen, die sich furchtbar intellektuell vorkamen, nur weil sie ein Palästinensertuch um den Hals trugen. Piet hatte auch eins, aber das hatte ihm ein alter Palästinenser geschenkt, als er ihm am Abend eine Geschichte erzählte. Einfach so aus dem

Stegreif, ohne ein geschriebenes Wort. Und doch war alles so schlüssig, so ohne Pausen erzählt, dass man es sofort niederschreiben hätte können. Der Palästinenser war zu Tränen gerührt und nahm sein Halstuch ab und reichte es Piet. „Da nimm" sagte er „Du hast meinem Sohn die letzte Ehre gegeben. Ich danke dir."

Piet und ich fuhren noch am selben Abend hinüber nach Gaza. Dort trafen wir einen der Schicki-Micki-Reporter, die mit großen Reportagen vom Leid der Palästinenser berichteten, während sie danach drüben in Israel mit den dortigen Zeitungsfritzen lachend beisammensaßen.

„Hast du das verstanden, was der Alte da gemeint hatte? Ich habe doch seinen Sohn nie gekannt. Aber ich werde sein Tuch in Ehren halten, bis es mir vom Hals herabfault"

Das war Piet, wie er leibte und lebte. Er hatte eigenartige Begriffe von Ehre und Ehrfurcht und von Moral, er war kein Revoluzzer, er war ein Freigeist, der niemandem zum Vorbild dienen wollte.

Der Trauerzug war jetzt zu Ende und ich schloss mich ganz hinten an. Der Wagen mit dem Sarg bog jetzt im rechten Winkel ab und ich hörte die Musik zu mir herüberklingen.

Dom-Dom-Dom klangen dumpf die Töne der Bässe, gleich darauf unterbrochen von dem disharmonischen Ton der Hörner und Posaunen. Sie klangen wie ein Aufschrei, wie wenn sie sagen wollten, „Haltet ein, was tut ihr da! So einen Menschen kann man doch nicht einfach begraben!" Die Töne klangen wie aus wilder Verzweiflung geboren, eine Klage gegen die Kräfte der Natur, die das Sterben zuließ. Nein, Piet war nicht gestorben. Er war nur auf eine lange Reise gegangen. Irgendwann würde ich ihm folgen. So sicher war ich, dass ich keine Angst davor hatte.

Am Anfang der Geschichte stand eine Tante von mir. Sie war gerade einmal dreißig Jahre alt, eine jüngere Schwester meiner Mutter. „Ein verrücktes Huhn" pflegte sie meine Mutter zu bezeichnen. Darin schwang eine ganze Menge Missbilligung mit. Der Lebenswandel von Tante Margaret, so hieß sie, war mit der bürgerlichen Moral unvereinbar. Und gerade dieser Tante folgte ich. Sie war Malerin, eine Künstlerin, wie sie sich bezeichnete. Piet hatte sie entdeckt und dem Kulturbetrieb vermittelt.

Dafür durfte er ihr Bett teilen, sooft ihn die Lust dazu überkam.

Tante Margaret hatte eine Eigenart. Jedes Bild, das sie malte, hatte nicht nur einen Titel, wie bei jedem anderen Maler auch, sondern sie wünschte sich dazu eine Geschichte. Am Anfang schrieb sie diese Geschichten selbst, dann wurde ich mit dieser ehrenvollen Aufgabe betraut. Ich saß dann stundenlang vor dem Bild und starrte darauf, in der Hoffnung, eine Eingebung zu bekommen. Und, erstaunlicherweise kamen diese Ideen auch. Nicht auf einmal, sondern ein Satz ergab den anderen und am Schluss fügte sich alles zu einer Geschichte.

Damals war alles noch viel schwieriger, denn man schrieb entweder mit Bleistift in ein Buch oder, die besonders Fortschrittlichen, bedienten sich einer Schreibmaschine. Meine Geschichten fanden selten im Nachhinein meine Billigung, meist fand ich sie eher stümperhaft und oberflächlich. Doch Piet fand sie originell, er las sich jede Einzelne von ihnen durch und manchmal besserte er auch den Text aus. „Hie und da galoppieren deine Gedanken. Du musst so schreiben, dass auch ein Außenstehender versteht, worum es geht." Aber diese Verbesserungen waren eigentlich eher selten.

Nachdem ich verstanden hatte, was er meinte, schrieb ich so, dass unter jeder Zeile eine Leerzeile kam. So konnte ich notfalls verbessern, ohne dass alles unleserlich wurde. Margaret malte, dass ich bald glaubte, sie hätte dazu eine Maschine. Ich kam immer mehr in Ideennotstand und schließlich half mir Piet mit ein paar Geschichten aus.

Das war schlimm, denn seine Geschichten unterschieden sich von meinen wie ein Goldstück von einer Nickelmünze. Ich musste daher besser werden, wollte ich bestehen. Margaret war es egal, sie wollte ihre Bilder an den Mann bringen und das gelang ihr auch in den meisten Fällen ganz gut.

Jetzt hörte ich die Musik nur mehr ganz leise. Der Trauerzug kam irgendwie ins Stocken und ich konnte die Menschen vor mir näher betrachten. Es waren allesamt keine Schönlinge, sondern Angehörige des Literaturbetriebes, wie sie Piet zu hunderten kannte. Seine Beziehungen waren weit gefächert und wenn er es gewollt hätte, wären sogar von ihm selbst verfasste Kritiken seiner Werke erschienen. Das wollte er aber nicht, denn seine Kritiker waren seine besonderen Lieblinge. Er bedachte sie mit

Wortschöpfungen, die einerseits treffend, andererseits hinterlistig beleidigend waren. So stachelte er sie zu noch herberen und unsachlicheren Kritiken auf, bis sie sich letztendlich selbst als Banausen entlarvten. Das war Piet.

„Entschuldigen Sie, haben Sie diesen Mann gekannt? Sie gehen ja fast alleine da hinten nach." Der alte Mann, der mich das fragte, trug einen abgeschabten schwarzen Anzug mit einem altertümlichen weißen Stecktuch. Er hatte sich, von mir unbemerkt, neben mich gestellt.

„Ja, gekannt habe ich ihn. Wenn auch nicht gut genug." gab ich ihm zur Antwort.

„Ich auch nicht. Er war nur mein Neffe. Wir hatten kaum Kontakt. Er soll ein Schreiberling gewesen sein"

Der Zug hatte sich jetzt verdichtet und zog so geschlossen wieder weiter. Der alte Mann trippelte mit seinem Stock hinterher. Jetzt hörte ich wieder diese Musik. Der Komponist musste den Tod aus nächster Nähe kennengelernt haben, anders war diese ungestüme Traurigkeit nicht erklärbar.

Mir fiel die Erzählung von Dostojewski ein, in der er von den kleinen Schuhen seiner verstorbenen Tochter erzählte. „Was soll ich tun, wenn ich am Morgen die Tür öffne und die Schuhe stehen nicht mehr dort?" fragte er da. Was sollte ich machen? Mein Vorbild, mein Förderer, mein Feind, er war nicht mehr.

Die Geschichte mit der Tante Margaret hatte eine skurrile Pointe. Nachdem alle Versuche, Piet zu einer durch und durch bürgerlichen Zeremonie einer Eheschließung zu bewegen, fehlgeschlagen waren, wanderte sie nach Kanada aus. Dort schaffte sie den Anschluss an die amerikanische Kunstszene und heiratete schließlich einen ihrer Kritiker. Der Mann starb bald und sie konnte schließlich den Pinsel samt ihrer Kunst an den Nagel hängen. Dabei ging es ihr angeblich gar nicht so schlecht.

Damals atmete Piet tief durch und wir gingen auf einen Zug durch die Innenstadt von Berlin, der drei Tage dauerte. Wir schliefen einmal ein paar Stunden in einem Park auf einer Bank, dann wieder im hinteren Eck eines Nachtclubs und schließlich in einem Hausengang beim Kurfürstendamm. Danach war ich zwei Wochen lang strikter Antialkoholiker. Piet jedoch hatte sich eine Hure aufgegabelt, bei der er eine Woche lang wohnte.

Damals lernte ich Dorlie, eine Freundin meiner ausgewanderten Tante kennen. Sie war fast einen Kopf größer als ich, dünn, um nicht zu sagen dürr, aber keine Freundin von Traurigkeit. Schon am dritten Tag unserer Bekanntschaft landeten wir im Bett und ich fand, dass sich das ausgezahlt hatte. Dorlie war Grafikerin bei einem Wiener Verlag und machte so nebenher fantastische Radierungen und Tuschezeichnungen. So ganz unentgeltlich gestaltete sie mir das Cover meines ersten Romans, der auch gleich ein Erfolg wurde. Ich weiß nicht, ob es die Qualität des Manuskripts war oder Piets Wirken im Hintergrund, jedenfalls war ich plötzlich im Geschäft.

Wenn's dem Esel zu gut geht, dann tanzt er auf dem Eis. So ging es auch bei mir. Piet brachte eine tunesische Bauchtänzerin zu mir in meine Wohnung und, wie das Schicksal halt so spielt, landeten wir zu dritt auf dem Teppich und dann auf dem Sofa. Die Tür ging auf und mitten drin stand die lange Dorlie. Das war das abrupte Ende unserer Zusammenarbeit. Immerhin war sie so anständig, mir das Umschlagbild für meinen Lyrikband zu überlassen. Das erste Exemplar widmete ich ihr.

Der Trauerzug stockte wieder. Wir waren beim offenen Grab angekommen. Jemand, ich kannte ihn nicht, hielt eine schwülstige Ansprache. Gott sei Dank lebte Piet nicht mehr, er hätte diesen Burschen wahrscheinlich mit einem Stuhlbein erschlagen. Dann spielte die Musik wieder, diesmal das Requiem von Mozart, in einer etwas eigenwilligen Fassung. Vor mir schluchzen drei offensichtlich betuchte Damen, deren Ehemänner mit blasierten Gesichtern danebenstanden. Ich konnte mir gut vorstellen, dass der Grund für diese Trauer nicht ganz jugendfrei war. Aber, was zu seinen Lebzeiten die Frauen trennte, vereinte sie an seinem Grab in ihrem Schmerz. So sollte es sein.

Wieder dachte ich zurück, an eine wilde Zeit. Mir ging es damals bereits wirtschaftlich etwas besser, Piet jedoch schwamm im Geld. Das nützte allerdings wenig, es zerrann ihm zwischen den Fingern. Wenn er pleite war, rief er seinen Verleger an und der schickte ihm einen fünfstelligen Vorschuss. Bei mir reichte es bestenfalls für einen vierstelligen Betrag. Dann ging es wieder hurtig dahin, in Venedig, in Nizza, in Paris und Amsterdam. Einmal mieteten wir uns in einem spanischen Bordell ein, eigentlich war es ja nur ein Stundenhotel. Doch darauf kamen wir erst einen Tag später.

Ich wunderte mich über die vielen willigen Damen. Allerdings als ich die Rechnung bekam, wunderte ich mich noch mehr. Wir zahlten mit unserem letzten Geld und Piet wollte mich dazu anstiften, per Autostopp nach Deutschland zu fahren. Erst als ich mich beharrlich weigerte, nannte er mich einen Spießer und rief seinen Verleger an. Am Nachmittag hatten wir das Geld und setzten unsere Reise fort.

In Wien hatte er eine Wohnung, dort stank es ganz abscheulich nach Hasch. Aber nicht von ihm oder mir, sondern von drei Kunststudenten, die er sich dort einquartiert hatte. Sie bezahlten die Miete in Naturalien, indem sie ihre weiblichen Kommilitonen weiterborgten. Ein paar davon bekamen sie nicht mehr zurück, sie hatten in der Zwischenzeit etwas Besseres kennengelernt. So war eben die Zeit damals.

Piet fuhr auf einen Literaturkongress nach Frankfurt. Nach vier Tagen hätte er zurück sein sollen, nach zwei Wochen kam er. Man hatte ihn eingebuchtet, weil er mit einem Kritiker im Suff raufte. Passiert war nichts, der gute Mann hatte ihn dann sogar im Knast besucht. Piet bekam eine saftige Geldstrafe, die er mit zwei Zeitungshonoraren bezahlte. Er jammerte dann aber so klein vor sich hin, denn er hatte sich bei dem Zwist einen Muskeleinriss zugezogen und der wurde nicht ordentlich auskuriert.

    Damals lernte ich Margot kennen. Sie war die verwöhnte Tochter eines Bänkers, der sich mit Geld seine familiäre Freiheit erkaufte. Ihre Mutter wollte um jeden Preis die Boheme kennenlernen, doch niemand machte sich die Mühe, sie einzuführen. Margot war, was das betraf, ein Naturtalent. Sie zeichnete ganz gut, aber noch besser soff sie, und lag dann in irgendwelchen Wohnungen herum, wie ein Einrichtungsgegenstand. Piet war von ihren Talenten ganz begeistert, doch als sie ihm erklärte, eher Nonne werden zu wollen, als mit ihm ins Bett zu gehen, erlahmte sein Interesse bald.

    Margot vertrieb mir einige Wochen die Zeit. Sie war meine Muse für eine Novelle von unglücklicher Liebe und phlegmatischer Ergebung. Nach dieser Zeit verließ sie mich, möglicherweise weil sie mitbekam, dass ich ihrer Mutter ebenfalls gefiel. Diese zeigte mir dann, dass man mit einem ausgeprägten Hinterteil nicht nur sitzen kann. Aber schon bald diente sie einem Maler als Modell und Inspiration. Allerdings nur so lange, bis ihr Mann dahinter kam und sie wieder in die Zwänge der besseren Gesellschaft integrierte.

Damals bekam ich eine Wohnung im achtzehnten Wiener Gemeindebezirk. Drei Räume, Küche, Bad und Blick auf einen herrlich begrünten Innenhof. Wenn ich mich beim Fenster hinauslehnte, konnte ich, ohne es zu wollen, in das Badezimmer einer jungen Frau sehen. Wie sich später, als ich sie zufällig kennenlernte, herausstellte, war sie eine Krankenschwester und hatte ein Verhältnis mit einem verheirateten Oberarzt im AKH. Diesen Mann sah ich nur zweimal, und zwar, als er sich in der Unterhose das Gesicht im Badezimmer wusch.

Piet besuchte mich öfter in dieser Wohnung, bis mir bedeutet wurde, man könnte in der Nachbarschaft gern auf diese Besuche verzichten, denn sie waren stets von überlauter Musik begleitet. Piet hielt sich daran und wir trafen uns dann nur mehr in seiner Wohnung.

Jetzt wurde der Sarg ins Grab gesenkt und die Musik schwieg. Es war mir überhaupt ein Rätsel, wer auf den gottverdammten Gedanken gekommen war, eine Blaskapelle zu engagieren. Marimba- oder Bongoklänge wären hundertmal angebrachter gewesen. Irgendwie schoss es mir durch den Kopf, was für blutiges Stück Fleisch in dem Sarg liegen musste. Zwanzig Meter im freien Fall, das kann einen Menschenkörper ganz schön deformieren. Und das leitete mich auch in Gedanken zum Grund dieses Begräbnisses hin.

Diese oben bereits angeführte Wohnung brachte mich dazu, mein bisheriges Leben zu überdenken. Und über die Monate änderte ich auch mein Verhalten. Ich ging in normale Kaffeehäuser, legte mich am Abend früh ins Bett und reagierte auf Piets Aufforderungen, nach München auf ein „Remi-Demi" wie er es bezeichnete, eher ablehnend. Ich las damals gerade ein Buch von Nietsche, ich glaube, es war die „Götzendämmerung". Piet erklärte mir, er könne mir davon nur abraten. Man könne Philosophie nicht aus Büchern lernen, man müsse Betroffene fragen.

„Frage einmal einen Krebskranken nach dem Sinn des Lebens. Frage einen hoffnungslos Verliebten nach dem Ursprung des Kosmos. So sie deine Frage nicht blasphemisch verstehen, wird dich ihre Antwort überraschen. Das findest du in keinem Buch."

Ich weiß nicht, ob er recht hatte, ich habe es nie überprüft. Jedenfalls fuhr ich nicht mit ihm nach München, statt dessen setzte ich mich in die Konditorei „Aida" am Stock im Eisen-Platz und betrachtete dort eine junge Frau sehr intensiv, die sich, obwohl eine Reihe von Tischen frei war, mir genau gegenüber gesetzt hatte.

Wahrscheinlich hatte ich mich ziemlich auffällig verhalten, denn nach gut einer halben Stunde stand sie auf, aber nicht um zu gehen, sondern kam auf mich zu.

„Habe ich einen Fleck auf der Weste oder ist meine Frisur durcheinander, weil sie mich so intensiv beobachten?"

Das war ihr erster Satz und passte überhaupt nicht zu philosophischen Betrachtungen, die ich im Geist angestellt hatte.

„Nein, wieso? War ich wirklich so aufdringlich? Ich bitte Sie, das zu entschuldigen. Sie erinnern mich an jemanden, ich kann aber nicht sagen, an wen."

War wirklich ich das, der so geschraubt redete? Ich kam mir selbst fremd vor. Und mein Gegenüber brach in helles, wohlklingendes Lachen aus.

„Wie haben sie gesagt? Sagen sie das noch einmal!"

Es wurde peinlich. Ich musste ablenken.

„Nein, allen Ernstes. An wen erinnern Sie mich? Es muss jemand ganz bekannter sein"

„Na, viel ins Kino dürften sie nicht gehen. Aber egal. Meine ganzen Bekannten behaupten, ich wäre eine schlechte Kopie von der Romy Schneider. Alles Blödsinn. Ich bin ich!"

Tatsächlich! Jetzt, da sie es sagte, fiel es mir doppelt so stark auf.

„Da wir uns ja jetzt näher kennen, hole ich meinen Cappuccino herüber. Wir werden doch nicht den Betrieb schädigen und zwei Tische besetzen."

Das war der Beginn einer sehr sonderbaren Beziehung, in der ich mehrere Seiten meiner Persönlichkeit kennenlernte, die ich bisher nicht kannte. Wir trafen uns dann in der Folge öfter, in immer kürzeren Abständen und schließlich übernachtete sie gelegentlich bei mir. Sie war keine Intelligenzbestie, wie die meisten Frauen, dich ich bisher kennenlernte, sie suchte auch keine Anerkennung, indem sie sich mit fremden Federn schmückte, sondern sie war ein natürliches Arbeiterkind. Unheimlich gut aussehend, sich dessen auch durchaus bewusst, aber nicht durch gescheites Reden hervorstechend.

Noch eine hervorstechende Eigenart hatte sie. Sie war die personifizierte Sexgöttin, es gab nichts, was sie auf diesem Gebiet nicht kannte und perfekt beherrschte.

Unter solchen Umständen war es nicht verwunderlich, dass bald eine radikale Veränderung mit mir erfolgte. Ich wurde bieder.

Ich suchte mir einen Job, ich kam pünktlich am Abend nach Hause und saß ab zwanzig Uhr vor dem Fernseher. Meine bisherigen Freunde begann ich bewusst zu vernachlässigen denn Katrine, so hieß meine neue Freundin, ersetzte sie alle. Selbst Piet besuchte uns nur einige Male, dann tat er kund, dass er uns zu muffig fand und blieb aus. Auch Alkohol und Tabak verschwanden aus meinem Leben, so, als hätte es sie nie gegeben. Wir richteten uns die Wohnung so her, wie wir sie gemütlich fanden, auch wenn unsere früheren Freunde sie als spießbürgerlich empfanden.

So ging es insgesamt vier Jahre dahin. Vier schöne Jahre, muss ich sagen. Der einzige Nachteil war, dass ich das Schreiben verlernt hatte. Mir fiel nichts mehr ein und wenn doch, dann konnte ich es nicht aufs Papier bringen. Mein, damals musste ich schon sagen, „ehemaliger" Verleger, versuchte mit Tod und Teufel, mich wieder zu reanimieren, doch es war wie verhext. Kaum entwickelte sich eine Idee in mir, kamen mir so ganz profane Dinge in den Sinn, wie zum Beispiel „Milch einkaufen nicht vergessen!" Und schon war die Idee wieder weg. Außerdem konnte ich ja nur am Abend schreiben, wo aber das Geklapper der Schreibmaschine Katrine beim Fernsehen störte.

Der Ausweg war, ich verlagerte meine Aktivitäten ins Schlafzimmer, weil das sogenannte Kinderzimmer, im Übrigen ein schmaler kalter Schlauch, in der Zwischenzeit zur Rümpelkammer mutiert war. Katrine saß dann alleine vor dem Fernseher und schmollte. Das drückte auf Dauer auf die Stimmung.

Wir waren jetzt bereits vier Jahre zusammen, als mich Piet eines Abends vom Büro abholte. Er hatte ein Riesenproblem, wie er sagte. Ich konnte mir nicht vorstellen, worum es sich handelte, deshalb ging ich mit ihm mit. In seiner Wohnung angekommen, schmiss er mir einen Packen Zettel auf den Tisch.

„Schau dir diesen Scheiß an. Ich hab's verlernt. Einfach so. Das hat mir heute mein Verleger zurückgeschmissen und mir gesagt, ich solle mir einen talentierteren Ghostwriter zulegen. Der hier hätte das Niveau eines zugereisten Volksschülers. Was soll ich tun? Ich kanns derzeit nicht anders. Kannst du mir helfen?"

Alles hätte ich erwartet, nur das nicht. Mein Mentor, mein Gott, in einer Schaffenskrise! Ich legte mich bei ihm auf die Couch und begann zu lesen. Der Verleger hatte recht. Hundsmiserabel das, was hier geschrieben war. Es half nur, er musste das Ganze neu schreiben. Und das bis zum darauffolgenden Montag. Der Vorschuss dafür war bereits aufgebraucht, daher war Feuer am Dach.

Wir begannen, so wie in der Schule mit dem gestrengen Lehrer, das Ganze zu überarbeiten. Teilweise war der alte Piet darin zu erkennen, Sozialkritik, so wie damals gefordert, aber flott geschrieben und relativ gut formuliert, dann wieder stümperhafte Sätze, nicht durchdachte Handlungsabläufe, Personen verwechselt, mit einem Wort katastrophal. Mir blieb nichts übrig, als Katrine anzurufen und ihr mitzuteilen, was geschehen war und dass ich heute Nacht nicht nach Hause kommen würde. An ihrem barschen Ton erkannte ich, dass sie davon gar nicht erbaut war.

Wir schrieben also die ganze Nacht und am Morgen hatten wir ungefähr die Hälfte durchgearbeitet. Ich fuhr mit dem Taxi ins Büro und mir fielen die Augen zu. Ich schützte Kopfschmerzen vor und meldete mich krank. Dann fuhr ich nach Hause und legte mich nieder. So am späten Vormittag gab es dann einmal Ärger, weil Katrine mit dem Staubsaugen begann und ich nicht schlafen konnte. Total genervt zog sie sich an und ging fort.

Um ungefähr vier Uhr nachmittags klingelte das Telefon und Piet fragte mich, ob ich zu ihm kommen würde. Er machte auf mich einen etwas sonderbaren Eindruck. Ich lehnte ab und forderte ihn auf, zu mir zu kommen. Eine Schreibmaschine hätte ich auch und meine Frau (ich sagte damals das erste Mal „meine Frau") wäre überhaupt nicht begeistert davon, wenn ich mich nächtelang außer Haus herumtrieb. Piet brummelte, doch er setzte sich ins Taxi und kam.

Die Sache hatte allerdings einen Nachteil. Er hatte das ganze Manuskript einfach nur in seine Aktentasche gestopft und jetzt war alles durcheinander. Seitennummerierung gab es natürlich auch keine, weshalb wir alles mühsam nur aufgrund des Textes auseinandersortieren musste. Das dauerte ziemlich.

Inzwischen war Katrine nach Hause gekommen. Sie schaute uns einige Zeit zu, dann nahm sie die bereits verbesserten Seiten und begann zu lesen.

„Wunderbar!" sagte sie zu mir „Sag einmal, warum unterschreibst du eigentlich nicht jede Seite einzeln?"

Ich verstand nicht, worauf sie hinauswollte. Daher fragte ich sie.

„Na, lies das einmal. Das kennt jeder Hund, dass das deine Handschrift ist. So wie du früher geschrieben hast und es jetzt nicht mehr zusammenbringst. Nur ihm" und sie deutete mit dem Finger auf Piet, „kaufen sie das nie ab. Höchstens als Plagiat"

Ich hatte bei Katrine bereits eine ganze Reihe von durchaus erstaunlichen Fähigkeiten bemerkt, aber als Literaturkritiker hätte ich sie nie eingeschätzt. Doch sie hatte Recht. Laut vorgelesen war das, zumindest teilweise, mein Text. Und der passte auf Piets Stil so wie ein Apfelzweig auf einen Zwetschkenbaum. Wir mussten also umschreiben. Katrine war böse, denn sie durfte nicht fernsehen, weil der Ton störte. Wir bezogen sie deshalb in die Arbeit ein, indem sie die bereits wieder korrigierten Seiten abtippen durfte. Das machte ihr Spaß, sie war ja früher Sekretärin gewesen.

Irgendwann, so ungefähr um vier Uhr früh, gab ich erschöpft auf. Ich ging ins Schlafzimmer und legte mich nieder. So um halb sechs bemerkte ich so im Halbschlaf, dass

Katrine neben mir lag. Aber sie drehte mir nur den halben Oberkörper zu, und mit dem Unterkörper machte sie so komische zuckende Bewegungen. Ich wurde zusehends wacher. Sie seufzte noch einmal tief auf und machte die Augen auf. Erst jetzt bemerkte ich Piet, der hinter ihr lag, und sich rasch mit der Bettdecke bedeckte.

Was das bedeutete, war mir sofort klar. Entgegen meiner früher sonst eher lockeren Moral machte ich diesmal einen Wirbel, der seinesgleichen suchte. Die Quintessenz des Ganzen war, dass ich Piet und Katrine zusammen hinauswarf. Dann genehmigte ich mir ein paar geistige Getränke und schlief in der Folge wieder ein.

Am späten Nachmittag schien mir die morgendliche Aufregung doch etwas übertrieben und ich rief bei Piet an, um Katrine zur Rückkehr aufzufordern. Er teilte mir mit, dass sie sich geeinigt hätten und sie in Hinkunft bei ihm wohnen würde. Und mich Idioten soll der Teufel holen.

So, als ob mir plötzlich wieder die sprichwörtlichen Schuppen von den Augen gefallen waren, begann ich zu schreiben. Und es ging, besser als je zuvor. Ich verarbeite den Stoff für eine Erzählung und ging am nächsten

Tag zu meinem Verleger. Er las, gratulierte mir und ich war wieder im Geschäft. Meine Inspirationen holte ich mir von ein paar Gürtelhuren, denen ich ein paar Scheine bezahlte, damit sie mir was erzählten. Statt aufs Zimmer ging ich mit ihnen ins Café ums Eck, und dort redeten wir. Wahrscheinlich hielten sie mich für einen Ausbund an Perversion, der sich an ihren Erzählungen begeilte. Aber ihre Geschichten hatten den Touch des Echten, wirklich Erlebten und ließen sich ohne viel Mühen in Erzählungen umwandeln.

Binnen einem Monat waren die Geschichten geschrieben, verbessert und druckfertig gemacht. Mir ging es gut wie niemals zuvor. Beim Schottentor kam mir Piet einmal entgegen. Er machte einen etwas heruntergekommenen Eindruck. Als ich sah, dass er die Absicht hatte, zu mir herzukommen, drehte ich mich um und ging auf die andere Straßenseite. Er war für mich gestorben.

Die Leute drängten sich jetzt zum offenen Grab. Sie warfen eine Schaufel Erde und manche von ihnen eine Rose in die offene Grube. Als ich drankam, konnte man vom Holz des Sarges fast nichts mehr erkennen. Ich drehte mich um und ging weg.

Plötzlich hörte ich hinter mir ein eigenartig klapperndes Geräusch. Es war Katrine, die mit ihren roten Pumps hinter mir hertrippelte. Sie hatte gut zehn Kilo zugelegt und war etwas ungeschickt geschminkt. Dazu passte ihre Kleidung nicht zu Ernst des Anlasses. Sie versuchte, mit mir ein Gespräch zu beginnen, aber ich war nicht daran interessiert. Dann beugte sie sich vor, und mit dem „Bussi Bussi" verabschiedete sie sich von mir. Sie roch nicht nach dem dezenten Parfum wie damals bei mir, sondern sie stank nach Fusel.

Aber um die Geschichte fertig zu erzählen, muss ich noch einmal fünf Jahre zurückgehen. Piets Verleger kam einmal zu mir in die Wohnung und wollte mich unter dem Siegel der Verschwiegenheit sprechen. Piet war ausgebrannt, sagte er. Er soff nur mehr und jetzt zu allem Überfluss begann er auch noch zu koksen. Er war jetzt mit einer Musikerpartie befreundet und machte sich bei denen beliebt, indem er ihnen gelegentlich ein paar Liedertexte schrieb. Ich möchte mich bei ihm einfinden und ihm gehörig die Leviten lesen.

Natürlich stieß er damit bei mir auf taube Ohren. Ich hatte eine neue Freundin, doch mein Herz hängte ich nicht mehr an sie. Aber ich hatte auch gar keine Absicht, mich mit Piet und Katrine wieder zu treffen. Der Giftpfeil steckte noch immer in meinem Herz, auch wenn das keiner wusste.

Katrine rief mich daraufhin ein paar Mal an und lamentierte über Piet. Mit ihm wäre es gar nichts mehr, er wäre kaum noch nüchtern und wenn er nicht kokste, war er impotent. Da verlangte er von ihr, sie möge sich mit seinen Freunden vergnügen und er wollte zusehen. Dann erzählte sie mir, dass auch sie ihre Vorliebe für den Alkohol entdeckt hatte und wir jetzt wieder gut zusammenpassen würden. Wahrscheinlich nahm sie auch an, dass meine Erzählungen und mein neuer Roman eine Folge des Suffs wären.

Es ging noch ein paar Jahre dahin, bei mir ging es aufwärts, ich hatte zu einem großen Verlagshaus nach Stuttgart gewechselt, mit Piet ging es bergab. Das Ende war, dass er nach einem Streit mit Katrine von einem Hochhaus sprang. Eine vielversprechende Karriere war zu Ende.

Als ich am Abend nach Hause kam, stand ein schwarzer Mercedes vor meiner Haustür. Zwei Männer stiegen aus, einer war so ungefähr sechzig, der Andere vielleicht vierzig. Sie stellten sich als die Chefs von Piets Verlag vor. Und sie übergaben mir einen dicken Packen Papier. Sie sagten, es wäre der Nachlass von Piet, den sie mir überbringen sollten. Und, sollte da etwas dabei sein, das für sie interessant wäre, möge ich mich bei ihnen melden.

In der Wohnung begann ich dann das Manuskript, oder besser, die Manuskripte zu prüfen und zu lesen. Und da war er auf einmal. Der alte Piet, mit aller Genialität, aller scharfen Beobachtungsgabe und dem beißenden Humor, mit dem er Missstände geißelte. Er hatte scheinbar schon länger die Absicht gehabt, aus dem Leben zu scheiden, und das gab ihm die alte Kraft zurück.

Der Nachlass landete bei seinem Verlag, die Tantiemen bekam Katrine. Ich hatte ja die Erinnerung an einen außergewöhnlichen Menschen.

Der Sinn des Lebens

Ursula und Herbert saßen beim Fenster, Peter und Christina näher beim Ausgang. Das Café war ziemlich leer, lediglich ganz hinten, bei der Theke der Konditorei, saßen zwei beleibte Damen, beide so um die vierzig und beide ziemlich auffällig gekleidet. Auf der Fensterseite saß noch ein Herr, der in einer Zeitung las, und ein Pärchen, das aber ganz mit sich selbst beschäftigt war.

Die beiden Paare, die sich so gegenüber saßen, waren augenscheinlich in einen Disput verstrickt. Aus der Art, wie sie saßen, konnte man auf eine erhebliche Diskrepanz der Meinungen schließen. Offensichtlich bewegte alle Vier etwas scheinbar Grundsätzliches, das sich nicht auf einen Nenner bringen ließ.

„Ich kann nichts dafür. Dauernd werde ich zum Sündenbock gemacht, nur weil ich es wage, der Madame zu widersprechen. Aber sie ist nicht Gott, man darf sie kritisieren. Nur sie will das nicht begreifen." Es war Peter, der hier seine Probleme mit der Chefredakteurin darlegte.

Ursula fiel ein:

„Schau, ich kenne dich. Wenn einer partout nicht glauben will, was er von dir gesagt bekommt, dann wirst du persönlich. Das verträgt nicht jeder! Und jetzt rücke heraus, was hat sie dir diesmal für Thema gegeben?"

Peter duckste herum.

„Zuerst hat sie so Blödsinn geredet, wie Gott gegen die Natur. Darwinismus und so. Das hat dann aber der Mayrhuber gekriegt. Für mich hat sie sich was besonders Perfides ausgedacht: ‚Der Sinn des Lebens'. Da haben sich schon Generationen von Philosophen die Köpfe zerbrochen, und herausgekommen ist im Grunde genommen nichts."

Herbert machte einen praktischen Vorschlag:

„Wenn du ja sowieso davon überzeugt bist, dass alles Nachdenken zu keinem Ergebnis führt, schreib einfach zehn Seiten Schmarren, sie soll sich dann heraussuchen, was sie hören will."

„Prima! Da finde ich mich dann beim Kreuzworträtsel wieder. Sie sagt, ein guter Redakteur muss mit jedem Thema etwas anfangen können. Und wenn er nichts darüber weiß, dann muss er eben recherchieren. Jetzt recherchiere du einmal über das Thema, ‚Der Sinn des Lebens'. Da kannst du hundert Bücher drüber lesen, und dann hast du hundert Meinungen. Alles Unfug! Die hat sich gedacht, jetzt zeig ich's einmal diesem Klugscheißer, wie rasch er an seine Grenzen kommt. Mir bleibt jetzt nichts anderes übrig, als entweder einen halbwegs vernünftigen Artikel darüber zu schreiben oder zu passen. Und dann gestalte ich in Hinkunft das Kreuzworträtsel."

Christina lachte.

„Na, da kann ja was herauskommen dabei! Müssen wir dann jeden Tag Semmel von gestern essen? Oder mit dem Roller in die Arbeit fahren? Weil ich kann mir nicht vorstellen, dass das so gut honoriert wird wie bisher."

Peter schaute ernst.

„Ich glaube, die will mich loswerden. Weil, wenn ich dazu etwas auf die Welt bringe, bin ich ihr über. Und das will sie schon gar nicht."

„Gut! Dann lass uns nachdenken, was es dazu zu sagen gibt. Ursula fängt an" meinte Herbert.

Ursula sträubte sich. „Na klar, der Herr Göttergatte schiebt, wie bei allem, mir den schwarzen Peter zu. Ich soll anfangen, Warum fängst du nicht an?"

„Meinethalben. Also! Was ist der Sinn des Lebens? Rein biologisch ist es ein Experiment der Natur. Zwei Lebewesen paaren sich, die Kreuzung daraus ist das Kind. Das trägt jetzt verschiedene Eigenschaften von beiden. Welche sich dann durchsetzen, ergibt sich erst im weiteren Leben des Kindes. Sagen wir, die Haarfarbe wäre ein dominierendes Merkmal. Das Kind wiederum paart sich später mit einem Partner, der die gleiche Haarfarbe hat. Das Produkt daraus wäre ein Kind mit einer besonders ausgeprägten Haarfarbe. Und so entwickelt sich im Lauf der Zeit eine gewisse Reinrassigkeit. Sowohl im positiven wie auch negativen Sinn."

Peter winkte abwehrend mit der Hand.

„Das ist Unfug. Dann müssten wir ja im Lauf der Zeit bereits alle reinrassig sein. Ganz das Gegenteil ist der Fall. Wir sind immer stärker durchmischt und unterscheiden uns immer stärker voneinander. Schau die Ursula an. Die ist brünett. Die Christine ist blond. Würde deine Theorie stimmen, gäbe es nur schwarzhaarige oder blonde Menschen."

Jetzt mischte sich Christina in die Diskussion ein.

„Gehen wir davon aus, dass der Mendel recht gehabt hat, mit seinen Vererbungsgesetzen. Dann müsste gar keine Reinrassigkeit entstehen, weil die Merkmale ja bis ins siebte

Glied zurückgehen. Dazwischen gibt es zahlreiche Möglichkeiten zu verstärken oder abzuschwächen."

„Mendel hin, Darwin her. Den Sinn des Lebens kann man nicht allgemein erfassen. Nehmen wir einen Regenwurm oder ein Heimchen. Der Wurm ist dazu da, den Boden zu lockern und aus pflanzlicher Substanz Humus zu erzeugen. Das Heimchen ist ein Futtertier. Trotzdem würden sie, könnte man sie nach dem Sinn des Lebens fragen, niemals ihre echte Bestimmung als den Sinn ihres Lebens bezeichnen. Auch beim Menschen ist es so. Wir suchen einen Sinn des Lebens, ohne unsere echte Bestimmung zu kennen."

Ursula trank aus ihrer Tasse.

„Was ist echte Bestimmung? Eine Frau dient ihrem Mann als Objekt seiner Lust und bekommt dafür, das, was sie will, nämlich eine Schwangerschaft und ein Kind. Ist das Bestimmung? Oder doch der Sinn des Lebens?"

Peter sah sie an. Ihm war wohlbekannt, dass sich Ursula bereits seit Jahren ein Kind wünschte, ihr streng rational denkender Mann aber das mit Hinweis auf ihren Beruf verweigerte. Was wäre, wenn......

„Du kommst trotzdem nicht um die Tatsache herum, dass die Menschheit von Anbeginn an immer nach einem Sinn für ihre Existenz suchte. Nur war das rein auf das Menschsein beschränkt. Diese Suche musste ins Leere gehen, da ja die gesamte restliche Natur davon ausgeschlossen war."

„Ja, aber wir sollten doch unterscheiden, was Sinn und Bestimmung ist. Bestimmung ist Sinnhaftigkeit der Existenz als solche. Sinn kann wesentlich enger oder weiter gefasst sein. Irgendwo sind wir da in der Metaphysik oder der Religion" meinte Peter.

„Sinn ist, was mir nützt. Das ist mein Lebenssinn. Wenn ich dadurch zu meinem ruhigen Leben komme, ist das der Sinn meines Lebens. Deiner mag da ganz woanders liegen. Es gibt halt keinen allgemein gültigen Sinn des Lebens" gab Ursula dazu ihre Meinung kund.

Die beiden Damen, die zuvor bei der Süßwarentheke gesessen waren, gingen jetzt an ihrem Tisch vorbei und schauten rügend auf die vier Diskutanten.

„Ich glaube, die haben auch den Sinn ihres Lebens bereits gefunden, nämlich das Vertilgen von Mehlspeisen. Und wer stört, wird mit flammenden Blicken gestraft."

Herbert sagte das schmunzelnd, obwohl die Eingangstür noch nicht geschlossen war.

Christina gab ihm durch Handzeichen zu verstehen, dass man ihn noch draußen hören konnte.

„Na und? Jetzt wissen sie wenigstens, was ihr Sinn des Lebens ist." spöttelte Peter.

„Ich glaube, wir sollten die Diskussion jetzt abbrechen. Ich muss heute noch nach München fahren, morgen früh haben wir dort ein Meeting. In einer Stunde sitze ich schon im Auto und bin auf der Autobahn" tat Herbert kund.

Ursula schwieg, aber sie sah hinüber zu Peter, während Christine in ihrer Handtasche herumkramte.

„Lass nur, ich zahle" meinte Peter „Ich muss auch noch ins Büro. Dort kann ich in Ruhe schreiben. Dann werde ich noch den Mister Google befragen, was er zu dem Thema weiß. Und morgen bekommt die alte Kuh einen Artikel, dass ihr die Augen herausfallen."

Christina schloss ihre Handtasche und Peter bezahlte bei der herbeigerufenen Kellnerin. Ursula beglich ebenfalls die Konsumation, die sie und ihr Mann hatten und ließ sich noch zwei Stück Torte dazu einpacken.

„Für den Fall, dass ich heute noch etwas Süßes brauche" fügte sie erklärend dazu.

Dann verließen die Vier das Lokal.

Peter schlich mehr, als er ging, über die Diele ins Wohnzimmer. Dort brannte Licht, was ihn verwunderte. Auf dem Wohnzimmertisch standen zwei Kerzenleuchter, dazwischen das Jugendbild von ihm, das normalerweise auf dem Sideboard an der Fensterwand stand.

Vor diesem Arrangement lag ein weißer Briefumschlag. Peter hob ihn auf und sah, noch mehr verwundert, auf der Rückseite den Lippenabdruck seiner Frau. Unverkennbar, es war ihr Lippenstift. Auch ihr zartes Parfum stieg ihm entgegen. Er öffnete die Umschlagklappe und entnahm den darin befindlichen Brief. Sein Text lautete:

Lieber Peter!

Dein Freund Herbert war hier und hat mir mitgeteilt, dass er dich mit seiner Frau in flagranti erwischt hat. Ihr hättet ihn nicht bemerkt, so wart ihr ineinander vertieft. Er sagte auch, ihm wäre das egal, er liebe Ursula bereits seit Jahren nicht mehr. Dann hat er mir gestanden, dass er seit mindestens drei Jahren in mich verliebt sei. Und er sagte, dass echte Liebe auch in der Lage sein müsse, zu teilen. Ihm würde es nichts ausmachen, wenn ich mit dir weiter verheiratet bliebe, wenn er nur mir nahe sein könnte.

Ich habe ihn abgewiesen. Zwar könnte ich sehr wohl teilen, doch ich möchte es nicht. Nicht dich mit Ursula, nicht mich zwischen dir und Herbert. Ich habe dich immer geliebt und liebe dich auch heute noch. Du warst und bist der einzige Mann in meinem Leben.

Wir sprachen über den Sinn des Lebens. Ich habe meinen Sinn gefunden. Dieser Sinn warst du. Ich wollte für dich da sein, dir nahe sein, mit all deinen Zweifeln, deinen Launen und deinen Stärken. Ich wollte dir das sein, was du für mich bist.

Da ich nicht deine einzige Frau sein kann, gebe ich dich frei. Habe kein schlechtes Gewissen, du bist, so nehme ich fest an, deinem Herzen gefolgt. Versuche dich mit Herbert zu einigen und ich wünsche dir zu deinem neuen Glück alles Gute.

Deine Christina

P.S.: Vergiss mich bitte nicht ganz.

Peter schüttelte erstaunt den Kopf. Herbert war doch nach München abgereist! Und er hatte Christina erzählt, dass er jetzt im Büro diesen verfluchten Artikel schreiben würde. Jetzt hatte ihn dieser Hosenscheißer verraten! Deswegen hatte Christina ihn verlassen. Alles wegen so eines blöden Abenteuers ohne Tiefgang.

Peter ging unschlüssig in das Schlafzimmer. Alles war wie sonst, nur die Betten waren unberührt. Er sah in den Kästen nach. Christina hatte offensichtlich nichts mitgenommen.

„Sonderbar" murmelte er „Na, vielleicht ist sie nur ins Hotel und muss den Schock erst einmal verdauen."

Er hatte trotz ihrer Aufforderung ein schlechtes Gewissen. Ja, er fühlte sich als ziemlich miese Sau. Langsam kam ihm auch der Verdacht, dass Herbert das Ganze bewusst eingefädelt hatte. Er hatte bemerkt, dass es zwischen ihm und Ursula seit einiger Zeit förmlich knisterte und das ausgenutzt, um seine Interessen durchzusetzen.

Peter ging in die Küche. Auf dem Weg zurück kam er am Bad vorbei. Unter der Tür schimmerte Licht durch.

„Na, wie immer. Sie hat vergessen, das Licht abzudrehen." murmelte er im Selbstgespräch.

Obwohl der Lichtschalter außen war, betrat er das Badezimmer. Und da lag sie. Das Wasser um sie hatte sich dunkel blutrot verfärbt, die blutige Rasierklinge, mit der sie sich die Pulsadern geöffnet hatte, lag noch im Waschbecken. Daneben lag ein leeres

Tablettenröhrchen. Es waren seine Schlaftabletten.

Christina hatte wahr gemacht, was sie in ihrem Brief angedeutet hatte. Sie hatte den Sinn ihres Lebens gefunden. Aber als sie ihn zu verlieren drohte, hatte sie die Konsequenzen gezogen.

Peter stand erschüttert vor seiner toten Frau in der Badewanne..

„Wenn sie mich wirklich geliebt hätte, würde sie mir das erspart haben" flüsterte er, bevor er zum Telefon griff und die Polizei verständigte.

Auf dem Tisch im Wohnzimmer stand in einer schlanken Vase eine einzelne rote Rose. Die nahm er jetzt und legte sie der Toten auf die Brust. Das war sein Abschied.

Elegie im Herbst

Es klingelte abends an der Haustür. Ich war gerade im Badezimmer und hatte das ganze Gesicht voll Rasierschaum. In Erwartung, dass meine Frau ihren Schlüssel beim Weggehen vergessen hatte, ging ich zur Tür, sperrte auf und öffnete sie. Draußen stand mein Freund Stefan.

„Zu einem anderen Zeitpunkt hätte ich mich kaputtgelacht über deinen Anblick. Nur heute ist mir, ganz ehrlich, nicht danach. Stell dir vor, den Heinz hat's erwischt. Ein Schlaganfall, heute um elf. Keiner weiß, ob er durchkommt."

Stefan war echt erschüttert und ich mit ihm. Innerhalb des letzten halben Jahres war das schon die dritte Hiobsbotschaft, die mich aus unserem Freundeskreis erreichte. Ich bat ihn herein und wir setzten uns ins Wohnzimmer. Dann ging ich kurz noch einmal ins Bad und wischte mir den Rasierschaum aus dem Gesicht.

Meine Frau war, wie bereits erwähnt, zu einer Freundin unterwegs und deshalb konnten wir ungestört sprechen. Sonst hätte sie mit unpassenden Bemerkungen unser gemeinsames Entsetzen über diese Katastrophe gestört.

„Bemerkst du es? Die Einschläge kommen immer näher. Wie lange dauert es noch, bis sie uns erreichen? Ein Monat? Ein Jahr? Verdammte Scheiße! Gerade den Heinz muss es erwischen. Der war doch immer der Gesündeste von uns allen! Ich kann es immer noch nicht fassen!" Stefan war ganz außer sich.

„Tja, lieber Freund! Wir zahlen die Zeche für unser Lotterleben. Fressen, saufen, rauchen, keinen Meter zu Fuß gehen, wenig schlafen, arbeiten bis zum Umfallen ....."

„Hör auf!" brauste Stefan auf „Schau den Heinz an! Maßvoll im Essen, Antialkoholiker, fährt täglich mit dem Rad ins Büro und geht am Sonntag auf den Berg. Alles Kacke! Wenn er dich will, dann holt er dich, da kannst du machen, was du willst."

Ich schenkte uns einen Cognac auf den Schrecken ein.

„Prost! Ist eh schon alles wurscht! Du kannst die Zeit nicht zurückdrehen. Sie ist das einzige Absolute im Leben. Und wenn du jetzt auch noch so gesund lebst, es nützt dir dann am Ende nichts mehr. Auf dich wartet die Kiste, so oder so!"

Ich schenkte nach und dachte an die Jahre, wo wir nach dem Militär anfingen, uns beruflich zu positionieren. Ein Teil studierte weiter, ein Teil kam im öffentlichen Dienst unter und zwei von uns gingen ins Ausland. Man hörte niemals wieder etwas von ihnen. Dann kamen die Jahre, wo jeder von uns eine Familie gründete. Trotz aller Turbulenzen schaffte es jeder, bis zum Ausstieg aus dem Berufsleben mit der gleichen Frau verheiratet zu sein. Ein Wunder in der heutigen Zeit. Die Kinder wurden groß, gründeten selber Familien und so ging der Reigen dahin.

„So, ich gehe jetzt. Ich muss die Botschaft noch weitertragen. Telefon ist für sowas nicht unbedingt geeignet." meinte Stefan plötzlich. Er stand auf, stellte den Cognacschwenker auf den Tisch und hielt mir die Hand hin.

„So, servus und danke für die Stärkung. Ich hoffe, dass nicht wir zwei die Nächsten sind."

Ich schüttelte ihm noch kräftig die Hand und klopfte ihm auf die Schulter.

„Servus, altes Haus! Und mach's gut. Lass dich wieder einmal anschauen."

Stefan ging und ich sperrte hinter ihm ab. Dann begab ich mich wieder ins Wohnzimmer. Mir ließ das Ganze keine Ruhe. Zwei waren tot, der Dritte mehr drüben als herüben, alle waren sie ein Bestandteil meines Lebens.

An solchen Tagen neigt man zum Trübsinn. Nicht, dass ich mich vor dem Sterben fürchtete, aber ich hatte doch noch so viel vor.... . Ich setzte mich vor den Fernseher und schaltete ihn ein, um die Tristesse zu vertreiben. Es gelang nicht. Die Sender brachten alle seichten Tratsch oder klugscheißerische Diskussionen. Ich schaltete ihn deshalb wieder ab. Dann klingelte mein Handy. Es war meine Frau, die mir mitteilte, dass sie mit ein paar Freundinnen einen Damenabend machte und daher nicht nach Hause kommen würde. Mir war's egal. Sollte sie tun, was sie wollte, sie war ein freier Mensch.

Was tut ein Mann, wenn er alleine ist? Entweder er geht fort oder er geht in sich. Ich tat Letzteres. Dazu ging ich ein Stockwerk höher, wo ich meine Räume hatte. Ein übergroßes Doppelbett, eine Ledergarnitur, ein Fernseher, ein Massagesessel und - Bücher Bücher, Bücher. Hunderte davon. Dann zwei Kästen voll sinnloser Dinge, die ich einmal kaufte, nur um sie zu besitzen. Im Eck hinten eine Junggesellenküche mit einer Spüle, einem Kühlschrank und zwei Kochplatten. Daneben ein Gerät zum Bierzapfen. Selten gebraucht, ich musste ja jeden Tag zeitig aus den Federn, da konnte ich einen Brummschädel nicht brauchen. Dann noch eine Kaffeemaschine, um Espresso zu machen. Natürlich auch noch ein gläserner Tisch mit vier Sesseln für Pokerpartien und ähnliche Vergnügungen, die jedoch selten genug stattfanden. Das war der eine, der größere Raum. Mein Sodom und Gomorra, wie ich es nannte.

Daneben hatte ich einen zweiten Raum mit gut dreißig Quadratmetern als Fitnessraum eingerichtet. Sauna, Dampfdusche, Solarium, verschiedene Liegen und natürlich ein paar Fitnessgeräte. Ein Laufband, eine Rüttelplatte, ein Schwingrüttler, mit dem man wunderbar den Hängebauch bekämpfen konnte, ein Hometrainer und ein paar sonstige Fitnessutensilien, die alle den Nachteil hatten, dass sie nicht von alleine arbeiteten.

Hierhin zog ich mich zurück, schaltete mir die Sauna ein und setzte mich in meinen Fernsehstuhl. Ich dachte gut eine Stunde nach. Dann zog ich mich aus und ging in die Sauna. Aber man kann Probleme nicht ausschwitzen, sie bleiben und drücken auf's Gemüt.

Als ich die Sauna wieder verließ, hatte sich in mir dumpf etwas entwickelt. So konnte mein Leben nicht weitergehen. Ich musste etwas tun.

Und zwar etwas, das nur mich betraf, nicht meine Frau, nicht meine Kinder, nur mich ganz allein. Ich trank ein kleines Pils und wartete, bis ich etwas abgekühlt war. Inzwischen las ich in einem Buch. Ich hatte es vor über drei Jahren angefangen, dann war ich drausgekommen. Nach dem ersten Satz war ich jetzt wieder mittendrin.

Komisch! Der Protagonist hatte ähnliche Probleme wie ich. Allerdings war er nicht verheiratet, wahrscheinlich, damit das Ganze nicht zu trivial wurde. Aber er wurde älter, langsam brachen ihm die Interessen, die er früher hatte, weg. Sein Bekanntenkreis wurde immer kleiner und er innerlich immer einsamer.

Das war es! Ich vereinsamte innerlich! Wirtschaftlich ging es mir so halbwegs gut, ich hatte ein Haus, ein Auto und jetzt in der Pension, auch endlos viel Freizeit. Aber ich war verkümmert in diesen letzten Jahren, sowohl körperlich als auch seelisch. Vom Geistigen gar nicht zu reden. Und es würde so weitergehen, bis zur Grube, wenn ich nicht gegensteuerte. Da musste etwas geschehen. Ich trank noch ein Pils, setzte mich nochmals in die Sauna, aber ich bewegte mich nicht weg von meinem geistigen Tiefpunkt. Schließlich legte ich mich nieder.

Mitten in der Nacht wachte ich auf. Ich hatte einen sonderbaren Traum, der noch, so halb im Schlaf, in mir nachklang. Ich konnte auf einmal Klavierspielen und musizierte frisch drauflos. Im Traum natürlich, so wie man im Traum auch fliegen kann. Und neben mir saß eine junge, hübsche Frau und hörte mir aufmerksam zu. Nichts anderes, sie saß nur und hörte. Ich gab mein Bestes und am Schluss machte sie ein Zeichen der Hochachtung. Dann war der Traum zu Ende, nur ihr Gesicht war immer noch in mir.

Einige Wochen später meldete ich mich, als Folge dieses Abends, mit einem Freund zu einem Kurs an. Optimale Bildgestaltung in der Fotografie, hieß er, und er behandelte die Motivwahl für ein Foto und die richtige Auswahl der Ausschnitte. Früher hatte ich viel fotografiert, hatte eine ungeheuer umfangreiche Ausrüstung dazu, nur, was ich nicht beachtete, es kam die digitale Revolution der Fotografie und damit waren alle Geräte zur analogen Bildbearbeitung obsolet geworden. Jetzt brauchte man nur durch den Sucher zu blicken und abzudrücken. Alles andere machte der Apparat. Nur die Motivsuche, das war noch Menschenwerk.

Der Kurs war relativ langweilig, künstlerische Gestaltung kann man nicht lernen. Nach fünf Abenden waren wir froh, dass er ein Ende gefunden hatte. Und jetzt ritt mich der Teufel. Ich besuchte gleich im Anschluss einen Zeichenkurs. Alleine diesmal, und ohne eine Ahnung vom Zeichnen zu haben. Außer ein paar kindlichen Bildern hatte ich niemals gezeichnet oder gemalt. Das wollte ich jetzt ändern.

Und da passierte das Wunder. In dem Kurs war eine junge Kursleiterin, so ungefähr um die Dreißig, in der ich plötzlich das Publikum meines Klaviertraumes erkannte. Die oder keine, schoss es mir durch den Kopf. Ganz für mich wurde ich rot wie ein Schulbub. Vergessen meine Probleme, meine Frau und meine trüben Gedanken. Ich sah sie und lief mit wehenden Fahnen in ihr Lager über.

Leider gab es da zwei Probleme. Diese Frau sah nicht so aus, als wäre sie noch frei. War das schon ein Riesenhindernis, aber verglichen mit dem zweiten Problem eher vernachlässigbar. Mein Charakter kannte, sehr zu meinem eigenen Ärger oft, gewisse Prinzipien. Ich war verheiratet und feig davonlaufen war nicht so mein Ding. Wenn ich einmal mein Wort gegeben hatte, dann hielt ich es auch. Auch wenn ich darunter litt wie ein Schwein. Und das war nun der Fall.

Ich schaute sie an und lächelte. Sie lächelte zurück, nur war für mich nicht erkennbar, ob es ein höfliches Lächeln war, oder ob sie wirklich mich anlächelte. An mangelndem Selbstvertrauen hatte ich nie gelitten, doch ich war andererseits schon immer ein Realist. Mich plagten Selbstzweifel. Zu Hause stellte ich mich dann vor den Spiegel und sah mich an. Na, ein Don Juan sah anders aus. Sie hatte also doch nur freundlich zurückgelächelt, wie eine Lehrerin bei ihrem unbegabten Schüler.

Die nächste Stunde hatte ich ein echtes Problem. Diesmal kam mein zeichnerisches Untalent ungeschminkt hervor und ich war mit meinem Werk äußerst unzufrieden. Sie sah das und stellte sich her zu mir. Sie erklärte mir, dass hier der Weg das Ziel war. Nicht das Werk, sondern die Freude am Gestalten sollte mich bestimmen. Und daraus ergab sich ein nettes Gespräch. Es zeigte sich sofort, dass sie keine hübsche Hülse, sondern ein blitzgescheites weibliches Wesen war. Ich glaube sogar, sie war mir überlegen in jeder Weise. Ich war ein alter Mann, der viel aus Erfahrung kannte, sie jedoch schöpfte aus eigener Erkenntnis oder sie war zumindest eine blendende Schauspielerin.

So, als hätte jemand am Schalter gedreht, war die eine Stunde, die der Kurs dauerte, plötzlich vorbei. Und ich begann auf einmal diese Uhr zu hassen, die mich von ihr trennte.

Am nächsten Kursabend kamen wir bereits etwas früher ins Gespräch und ich begann, sie etwas über sich auszufragen. Nichts kam heraus, gegen sie war jede Auster eine Plaudertasche. Und damit wir doch etwas zu reden hatten, begann ich über mich zu erzählen. Hin und her, wahrscheinlich endlosen Unsinn, doch es ging nicht darum. Ich konnte sie so an meinen Platz bannen und ihre Gegenwart genießen. An diesem Abend schaute ich sie zum ersten Mal wirklich gründlich an. Nicht mit den Augen eines Mannes, sondern mit menschlichem Interesse. Sie war hübsch, das war ohne Zweifel zu behaupten. Sie hatte eine zierliche Figur, hübsche Beine und lange dunkle Haare, die einfach offen herabhingen. Und jetzt sah ich zum ersten Mal bewusst ihre Augen. Sie waren rehbraun und blickten offen in die Welt.

Dieser Abend verging noch schneller als der Vorige. Jetzt entwickelte sich die Sache langsam zum Problem. Ich hatte mich wie ein junger Bub Hals über Kopf in sie verliebt. Weiss der Kuckuck, wie das geschehen konnte. Ich wehrte mich mit allen mir zur Verfügung stehenden Mitteln dagegen. Ich verbannte sie aus meinen Gedanken, ich bemühte mich, an andere Dinge zu denken, ja ich ging sogar soweit, bewusst Diskussionen zu führen, um geistig gefordert zu sein. Verfluchte Hormone! Es war doch nichts anderes, als dieses blöde Spiel der Natur! Und dann stand doch wieder ihr Bild vor mir. Und ich bekam Herzklopfen, so als wäre ich ein Schulknabe.

Es war immer das Gleiche. Der Tag verging quälend langsam, während die Stunde am Abend wie ein Husch verrann. Und dann musste ich wieder einen ganzen Tag warten, bis ich sie wiedersah. Jetzt trat auch etwas auf, das ich früher nie kannte. Das männliche Begehren trat eher in den Hintergrund, es ging mir nur hauptsächlich darum, mich in ihrer Anwesenheit zu sonnen. Wäre ich ein Dichter, sie wäre meine Muse gewesen.

Der Kurs ging weiter und ich begann mich zu fragen, wie sich denn das Ganze weiter entwickeln sollte. Mit ihr konnte ich vernünftigerweise nicht rechnen, sie war um ein Vielfaches zu jung für mich. In diesem Alter haben Frauen noch bestimmte Vorstellungen von einem Mann. Denen konnte ich nicht genügen. Ohne sie zu leben war für mich aber ebenso undenkbar geworden, ich brauchte ihre

Gesellschaft, ihre Anwesenheit, wie ein Verdurstender das Wasser. Den ganzen Tag über war ich fast manisch überdreht, in Erwartung des Abends.

Meine Zeichenkünste waren nicht besser geworden, doch es schien bedeutungslos. Ich malte, ich zeichnete und kümmerte mich einen deut um das Ergebnis. Es war Mittel zum Zweck, sonst nichts. Und sie lächelte mich an, so dass ich gar keine Wahl hatte, es auf mich zu beziehen. Wir sprachen über Gott und die Welt, wir redeten über Vergebung, über Dogmen und Prinzipien, über unüberwindliche Hindernisse und das Sich-Abfinden damit. Wir sprachen über meinen Vater und meine Beziehung zu ihm und so ganz nebenbei verriet ich ihr ein paar Dinge von mir, die sonst keiner wusste. So verbrachten wir die Stunde, die uns gehörte.

Wie alles im Leben, so hatte auch dieser Kurs einmal ein Ende. Es war für mich undenkbar, sie nicht mehr zu sehen. Sie war zu einem bestimmenden Teil meines Lebens geworden, jedoch ohne dass ich den Wunsch verspürte, sie zu besitzen, wie ich das bei anderen Frauen erlebte. So wie man einen Eisvogel in freier Natur beobachtet, sich an seiner Schönheit erfreut, und doch niemals auf den Gedanken kommt, ihn zu fangen, so war das bei ihr. Das, was zu Beginn des Kurses mein Leben dominiert hatte, der Überdruss und die Unlust, war jetzt einem neuen Lebensgefühl gewichen. Ich fühlte mich frei und jung, ich konnte wieder denken und mich über etwas freuen.

Aber mit jedem Tag kam das Ende näher. Wie eine dunkle Wolke schwebte es über mir! Und mit jedem Tag verspürte ich den Wunsch stärker, ihr zu gestehen, was sie für mich bedeutete. Ich war in einer echten Zwickmühle. Einerseits konnte ich nicht wortbrüchig werden, andererseits war in mir der fast unbezähmbare Wunsch, in ihrer Nähe zu sein. Beides ließ sich nicht miteinander vereinbaren.

Die letzten Tage des Kurses drückten mich richtig nieder. Ich sah sie, und gleichzeitig wusste ich von der Endlichkeit dieses Sehens. Jetzt schien es mir auch so zu sein, dass sie es irgendwie bedauerte, dass das Ende nahte. Wir würden uns nie wieder sehen.

Dann kam er, dieser letzte Tag. Ich war unleidlich zu meiner Umgebung geworden. Alles in mir wehrte sich dagegen, dieses Ende zu akzeptieren. Es musste einen Ausweg geben! Nur, ich fand ihn nicht.

Am letzten Tag sprach sie, wie bereits üblich, lange mit mir. Sie fragte mich, welche Farbe

Gefühle hätten. Und, soweit ich mich erinnere, sprachen wir auch über das Thema Ekstase. Von nichts war ich weiter entfernt als davon, ich fühlte mich im Gegenteil zur Askese verurteilt.

Am Schluss der Stunde wechselten wir noch ein paar belanglose Worte. Und dabei sah ich ihr tief in die Augen und sie wendete ihren Blick nicht ab, sondern erwiderte ihn. Ich gab ihr die Hand, verabschiedete mich und ging. Ich war feige. Draußen am Gang murmelte ich noch „Schade", doch das hörte sie nicht.

War das, was ich glaubte zu spüren, eigentlich vorhanden? Oder war es nur in der Fantasie eines älteren Mannes zugegen? Ich werde es nie erfahren.

Himmel und Hölle

Thomas Müller hatte beruflich eine schlechte Zeit hinter sich und seine Zukunftsaussichten waren auch nicht gerade rosig. Er war Kundenbetreuer, genau gesagt Repräsentant, einer großen internationalen Werbeagentur. Er besuchte Kunden und vermittelte denen die Vorzüge eines neuen Produktes.

Einmal war es ein Dichtmittel für Mechaniker, ein andermal Baustoffe oder auch Nähzubehör. So unterschiedlich wie die beworbenen Sachen waren auch deren Verwendungen und Eigenschaften. Das erforderte große geistige Flexibilität und eine ebenso große Portion Selbstbewusstsein. Schließlich sollten die Kunden, die ja im jeweiligen Anwendungsgebiet Fachleute waren, nicht mitbekommen, dass sie in Wahrheit einem blutigen Laien gegenüberstanden.

Verkaufen brauchte er nichts, das lief über den jeweiligen Fachhandel. Er musste lediglich informieren und von der Ware überzeugen. Aber auch das zerrte oft an seinen Nerven. Schließlich mündete alles in einem Zusammenbruch, Thomas Müller musste ein halbes Jahr in den Krankenstand gehen. Jetzt war der Zeitpunkt des Wiedereintritts in den Job gekommen und er fürchtete sich in Wahrheit davor.

Er saß in einem Hotelzimmer und bemühte sich, die Fachausdrücke für eine neue Hautpflege zu erlernen. Seine Zielgruppe waren diesmal Apotheker und diese waren relativ schwer zu überzeugen. Das einfachste Mittel, einen Verkauf anzukurbeln, nämlich die Gewinnmargen, war ihm verwehrt. Er bekam das Produkt, so wie es bestand, da hatte er keine Möglichkeit zur Manipulation.

Er stellte sich vor den Spiegel im Vorraum und übte seine Werberede ein. Sie erschien ihm nichtssagen und linkisch, doch er hatte keine Zeit, sich neuerlich gründlich vorzubereiten. In fünf Stunden ging seine Tour los und bis dahin musste alles sitzen.

Er bestellte über das Telefon einen Cappuccino und dazu einen kleinen Cognac.

„Saufe nicht! Du bildest dir dann zwar ein, dass du gut bist, aber in Wirklichkeit bist du eine Lachnummer. Bleib wahrhaftig. Besser ein Mensch, der auch Schwächen hat als ein Verkaufsroboter. Alkohol und Drogen sind schlechte Berater!"

Das hatte ihm sein früherer Präsentationstrainer beigebracht. Es war sein

Credo bei allen Einschulungen, und er verstand etwas von seinem Job. Er war graduierter Psychologe, hatte aber selbst jahrelang im Außendienst gearbeitet, bis er Schulungsleiter wurde. Thomas hielt viel von ihm. Leider war er seit einem Jahr in Pension und ruhte sich jetzt bei Angeln und Bergwandern aus.

Der Kaffee kam und Thomas schielte auf den Cognac. Dann fasste er sich ein Herz und schüttete ihn ins Klo. Als er die Spülung betätigte, hob das sein Selbstwertgefühl ungemein. Er hatte über sich selbst gesiegt.

Aus dieser Hochstimmung heraus nahm er die Hautcreme und roch daran. Das Erste, das er bemerkte war, dass sich die Dose schlecht öffnen ließ. Gut, dass er das hier bemerkte. Er war sich sicher, dass gleich beim ersten Kunden dieser Mangel auffallen würde. Er schloss die Dose wieder und probierte, sie mit einem unauffälligen Trick zu öffnen, indem er sie unter der Hand drehte. Nach drei Versuchen gelang das auch ganz gut. Zufrieden stellte er die Dose wieder in seinen Musterkoffer. Dann versuchte er, die schwierigen chemischen Bezeichnungen für die Bestandteile möglichst flüssig herzusagen. Das dauerte eine gute Stunde. Dabei zog er seinen Computer zu Rate, um zu verstehen, was er da redete. Schließlich hatte er auch das geschafft. Er war ja gar nicht so aus der Übung, wie er befürchtete.

Jetzt kam wieder die Präsentationsprobe vor dem Garderobespiegel im Vorraum. Es war dunkel hier, weshalb er das Licht aufdrehte. Ihm sah jetzt ein um Jahre gealterter Mann entgegen. Vor seiner Krankheit war er immer ein wenig stolz auf sein gutes Aussehen gewesen. Jetzt bemerkte er Tränensäcke unter den Augen, Falten um die Mundwinkel und auch sein Schnurrbart schien ihm struppig. Seine Haare hingegen waren zu glatt und machten einen fetten Eindruck. Seine Haltung war nicht selbstsicher genug, um zu imponieren, befand er darüber hinaus.

Thomas war entsetzt. Er hatte sich bewusst während seiner Krankheit von jedem Spiegel ferngehalten, um nicht sein Selbstverständnis zu zerstören. Auch wenn seine Frau des Öfteren bemängelte, dass der flotte Bursche, den sie einmal geheiratet hatte, nur mehr auf Bildern existierte, hatt er das nicht sehr ernst genommen. Er beschloss, etwas dagegen zu unternehmen.

Zuerst allerdings standen die drei heutigen Besuche an, und dann konnte man weitersehen. Es gab ja eine Menge Ratgeber, wie man seine Person optisch aufwerten konnte. Daran sollte es nicht liegen. Das Wichtigste war seine psychische Grundeinstellung. Ein selbsicherer Mensch ist zumeist ein guter Präsentator. Wenn er dazu noch ein durchschnittliches Aussehen mitbrachte und einen gepflegten Eindruck hinterließ, brachte das zumindest einen Kompetenzbonus.

Thomas begann, etwas an seinem Aussehen zu arbeiten. Er kleidete sich aus, ging unter die Dusche und wusch sich den Kopf. Dann rasierte er sich, bürstete seinen Schnurrbart mit seiner Zahnbürste und fönte sich den Kopf. Jetzt sah er mit seinem Haarbusch einem amerikanischen Immobilien-Tycoon entfernt ähnlich. Thomas war zufrieden.

Dann vergriff er sich an seiner Kundenprobe des Hautpflegemittels und massierte das sorgfältig in seine Gesichtshaut ein. Es fühlte sich angenehm an und ihm schien, als ob seine Haut jetzt weniger faltig wirkte. Dann schnitt und manikürte er seine Fingernägel, denn gepflegte Hände waren in seinem Geschäft unerlässlich. So trat er jetzt, mit einem Handtuch um die Hüften gewickelt, wieder in das helle Licht des Vorraumes und vor den Spiegel.

Oberkörper gerade, Schultern angehoben, ein paar unauffällige aber wirkungsvolle

Präsentationsgesten eingeübt - ja, das war der alte Thomas Müller. Zufrieden begann er sich anzukleiden. Stück für Stück beäugte er seine Kleidung, bis er selbst nichts mehr zu bemängeln fand. Jetzt kam noch seine frühere Wunderwaffe, ein dezentes Rasierwasser, zur Anwendung und Thomas war sich siegessicher. Er würde bald wieder zu den Stars seiner Firma zählen.

Er nahm wieder seine schriftlichen Unterlagen zur Hand und begann an seinem Präsentationskonzept noch nachzuschärfen. So verging die nächste Stunde und er entschloss sich, vor dem ersten Kundenbesuch noch ein Café aufzusuchen. Er nahm seinen Präsentationskoffer, seinen kurzen Automantel und seine Handtasche und begab sich auf die gegenüberliegende Straßenseite in das Café Anita.

Na, besonders schön war es hier nicht, aber da er hier fremd war, kannte er kein anderes Lokal im näheren Umkreis. Er setzte sich so, dass er durch die großen Fenster direkt auf die Straße sehen konnte. Bei der Kellnerin orderte er eine Melange und eine Kardinalschnitte und nahm die Zeitung. Kaum hatte er ein paar Minuten gelesen, kamen auch der Kaffee und die Schnitte. Jetzt hatte er das Problem, dass das

Zeitungsformat sich als hinderlich erwies. Er legte die Zeitung daher zur Seite und begann den Kaffee zuzurichten. Zucker oder Süßstoff? Beides war da. Er entschied sich für den Zucker, da dieser seiner Meinung nach den Kaffeegeschmack besser zur Geltung brachte. Er riß daher die Zuckerpackung auf und leerte den Inhalt in die Tasse. Dabei glitt sein Blick zufällig aus dem Fenster und da stand, seiner Meinung nach, das Überweib. Alles an ihr passte, und ihr Auftreten war das einer Göttin. Thomas war hin und weg.

Die Unbekannte schirmte ihre Augen mit der Hand ab und blickte suchend in das Lokal. Anscheinend fand sie aber die gesuchte Person nicht und ging daher weiter.

Die ganze Szene hatte vielleicht bestenfalls zwei Minuten gedauert, aber Thomas war tief beeindruckt von der Fremden. Am liebsten wäre er aufgestanden und ihr nachgegangen.

Statt dessen riss er sich von dem Anblick los und widmete sich seiner Kardinalschnitte. Wäre das Café auch so gewesen wie die Kardinalschnitte, wäre es ein Spitzenlokal, befand er. Zufrieden leckte er sich die Lippen und tupfte sich den Mund mit der Serviette ab. Den Kaffee hatte er bis jetzt noch nicht gekostet. Er hob daher die Tasse zum Mund und machte einen Schluck. Die Trinktemperatur stimmte, das Aroma war rund und ohne Gerbsäuregeschmack und der Milchschaum an der Oberfläche noch nicht zergangen. Alles in allem eine vollkommene Ergänzung zu der vorangegangenen Mehlspeise. Thomas war mehr als zufrieden.

Er stellte das gebrauchte Geschirr auf einen leeren Nebentisch und widmete sich wieder der Zeitung. Da ging die Eingangstür auf und die schöne Unbekannte schaute herein. Wieder war es nur wenige Sekunden, bevor sie sich aus der Tür zurückzog, aber Thomas saß da wie versteinert und schaute die nun wieder geschlossene Tür entgeistert an.

Diesmal konnte er sich aber nicht beherrschen und einen Toilettengang vorschützend, schaute er ihr durch das Auslagenfenster nach. Sie ging über die Straße und bog in eine Gasse neben seinem Hotel ein. Dort war sie dann nicht mehr für ihn sichtbar. Thomas war zwar Zeit seines Lebens kein Nachsteller gewesen, aber diesmal tat er etwas, was er wahrscheinlich vor ein paar Stunden selbst nicht verstanden hätte.

Er rief der Kellnerin ein „Ich komme gleich!" zu und stürzte auf die Straße. Ohne auf einen Zebrastreifen zu achten, lief er über die Straße, am Hotel vorbei und bog in diese Gasse ein. Umsonst, das Objekt seines Interesses war verschwunden. Er hielt die flache Linke vor dem Körper und schlug mit der geballten Rechten in seine Handfläche. Dazu zog er ein Gesicht, dass einem Löwen die Angst gekommen wäre.

Dann sackte er enttäuscht zusammen und machte sich auf den Rückweg in das Café. Dort bezahlte er, brachte seinen Mantel und seine Handtasche in seinen Wagen und machte sich auf den Weg zum ersten Kundenbesuch.

Es war eine alte Apotheke, mit einem Verkaufspult in der Mitte des Raumes und einer großen Registrierkasse darauf. Dahinter waren Regale, welche mit einer Menge Werbeaufstellern vollgefüllt waren. Der Informationswert dieser Aufstellung war gleich null, da man in dieser unsortierten Menge keine zusammenhängende Werbebotschaft erkennen konnte. Thomas Müller beschloss, hier gar keinen Versuch zu machen, Werbematerial anbringen zu können.

Der Apotheker, ein weißhaariger Mann so um die sechzig, machte gar keine Anstalten, ihn nach seinem Begehren zu fragen. Er war mit einer älteren Kundin in ein Privatgespräch vertieft. Nachdem er einige Minuten gewartet hatte, machte sich Thomas bemerkbar, indem er sich räusperte. Das bewirkte wenigstens, dass der Apotheker in seine Richtung blickte. Da er aber von seinem Gespräch nicht ablassen wollte, rief er einfach „Eva!" in den rückwärtigen Raum. Man hörte einen Sessel rücken und dann erschien die besagte Eva.

In einen adretten weißen Arbeitsmantel gehüllt erschien seine Traumfrau. Sie lächelte ihn freundlich an und grüßte. Dann fragte sie ihn, was er wünsche. Beinahe hätte Thomas zu stottern begonnen, so war er von der Frau fasziniert. Bei ihr stimmte alles. Ihre Figur war die eines Models, ihr Gesicht hätte jeden Filmstar alt aussehen lassen und die Art, wie sie ihn begrüßte, hatte eine gewinnende, herzliche Note.

Thomas musste sich erst sammeln, was der Schönen durchaus nicht verborgen blieb. Sie lächelte ihn an und er begann sein Werbegespräch, indem er sich vorstellte. Dann präsentierte er routiniert sein Produkt und wandte dabei keinen Blick von seinem Gegenüber. Die Frau, die er als Eva jetzt kennengelernt hatte, nahm die Dose in die Hand, tat etwas auf ihren linken Unterarm und verrieb die Creme darauf. Dann roch sie und lächelte wieder. Dann tat sie etwas, das Thomas total verwirrte. Sie ließ ihn von ihrer Hand riechen. Er nickte, sagte aber nichts dazu. Sie nahm wieder etwas von der Creme und bat Thomas, diese auf seinen Handrücken streichen zu dürfen, weil sie wissen wolle, wie das Produkt auch bei Männern rieche. Sie trat Thomas ganz nahe und strich die Creme hauchdünn und zart auf. Dabei nahm sie auch das Rasierwasser von Thomas wahr.

„Sie haben ein gutes Rasierwasser. Es riecht so unauffällig angenehm, dass man es fast nicht bewusst bemerkt" sagte sie.

„Na ja, ich bekomme es von einem Freund aus Frankreich. Der Erzeuger ist eine relativ kleine und unbekannte Firma, jedoch mit einem sehr ausgesuchten Kundenkreis. Es ist auch ziemlich teuer und deswegen gibt es dafür bei uns keinen Generalimporteur" Thomas redete, wie ein Präsentator eben redet, obwohl er das Produkt gar nicht im Programm hatte.

Eva tat interessiert.

„Mich würde interessieren, wie es heißt. Da könnte ich den Papa damit überraschen. Die Mama liebt nämlich auch interessante Gerüche"

Thomas machte sich erbötig.

„Ich kann es Ihnen später vorbeibringen und vielleicht auch einen Bezugsquellennachweis. Sind sie um halb sechs noch da?"

„Natürlich. Wir sperren ja erst um sechs zu" gab sie ihm zur Antwort.

„Gut, dann bin ich um diese Zeit da" sagte er.

Dann fiel ihm ein, dass er eigentlich in einer ganz anderen Angelegenheit hier war.

„Was sagen Sie eigentlich zu der Creme? Ich habe sie selbst heute zum ersten Mal verwendet, aber ich finde, sie wirkt"

Eva roch wieder bei ihrer Hand, und dann nahm sie die Hand von Thomas.

„Also sie riecht nicht schlecht. Bei Männern vielleicht noch besser als bei Frauen. Und sie wirkt, sagten sie?"

„Garantiert. Da, schauen sie meine Hände an. Glatt wie ein Babypopo. Früher waren sie rissig und rau"

Eva gab ihm das Probedöschen zurück.

„Haben Sie ein paar Prospekte, damit ich mit dem Papa drüber reden kann? Entscheiden tut ja schließlich er!"

Thomas begann in seinem Koffer herumzukramen und brachte ein paar Hochglanzpapiere zum Vorschein, die er ihr übergab.

„Da steht alles, was es darüber zu wissen gibt. Der Herr Papa wird sich mit den Fachausdrücken schon auskennen. Notfalls kann er mich anrufen" Damit überreichte er Eva seine Visitenkarte.

Eva betrachtete sie andächtig.

„Sonderbar! Ich habe einen Studienkollegen, der heißt genau so. Aber er ist bei Weitem nicht so attraktiv"

Thomas bekam Herzklopfen. Verdammt, die Frau wusste, wie man so ein Spiel aufzog.

„Na ja, dafür ist er vielleicht fachlich gut. Schönheit und Tüchtigkeit gehen nicht immer Hand in Hand"

„Möglich. Ich habe mich noch nie so mit ihm beschäftigt" meinte sie etwas desinteressiert.

„Was studieren Sie eigentlich?" fragte Thomas.

„Pharmazie. Was soll man als einzige Tochter eines Apothekers sonst studieren?"

„Na, schließlich gibt es da keinen Zwang dazu. Aber wenn es ihnen gefällt ...."

„Na ja, so so la la halt. Ich könnte mir ein interessanteres Studium vorstellen. Zum Beispiel Veterinärmedizin. Ich liebe Tiere, insbesondere Pferde"

„Da haben wir etwas gemeinsam. Ich habe einen Freund, der hat ein Gestüt. Früher hatte ich ein eigenes Pferd bei ihm eingestellt, aber leider war das Tier dauernd krank. Das hat mich ein Vermögen an Tierarztkosten gekostet"

„Sie sagten, ‚hatte'. Wo ist das Pferd jetzt?"
Evas Interesse war echt.

„Leider bekam es ein Lungenleiden, da habe ich es an einen Gnadenhof verkauft. Um den Erlös hätte ich nicht einmal alleine Mittagessen gehen können" sagte Thomas etwas traurig.

„Haben Sie denn keine Kinder?"

„Doch, aber die sind schon groß und außer Haus. Dort wo sie wohnen, können sie kein Pferd gebrauchen. Es sei denn, sie ließen es im eigenen Bett schlafen"

„Sie sind ein witziger Mensch. Schade, dass es das so selten gibt"

Eva lachte ein entzückendes Lachen, bei dem ihre perlweißen Zähne zwischen ihren roten Lippen zeigte.

„Na, ich kenne da eine ganze Reihe von Witzbolden. Aber von denen reden wir besser nicht"

Thomas lachte ebenfalls, so, als hätte er einen besonders guten Scherz gemacht.

„Sie haben recht. Reden wir nicht von denen. Sind Sie eigentlich verheiratet? Bei so einem Beruf ist man doch fast nie zu Hause"

„Das stimmt. Deshalb habe ich mir auch kein neues Pferd zugelegt. Ich müsste mir um teures Geld jemanden bezahlen, der sich darum umschaut, es jeden Tag striegelt und bewegt.

Ich könnte bestenfalls einmal im Monat reiten. Da miete ich mir von meinem Freund eines, da kümmert sich einer seiner Leute darum"

Eva spielte jetzt mit einem Kugelschreiber.

„Ich habe sie heute im Café Anita gesehen. Nicht das beste Lokal hier"

„Ehrlich gesagt, ich habe mir das gedacht. Fast keine Leute, nur ein paar alte Damen. Aber eine vorzügliche Mehlspeise und in guter Kaffee"

„Trotzdem geht keiner hin. Das liegt am Publikum dort. Ab vier Uhr nachmittags verkehren dort nur Underdogs. Außerdem ist es dort etwas gefährlich. Jede Woche ist mindestens einmal die Polizei dort"

„Schade darum. Der Zuckerbäcker versteht etwas von seinem Handwerk"

„Das ist wahr. Nur, die Mehlspeise ist zugekauft. Die kommt von der Konditorei Wenzel. Da gleich die Straße runter. Ich gehe lieber ins Hotel ‚Europa'. Dort gibt es auch diese Mehlspeise und dazu auch den gleichen Kaffee. Nur das Publikum ist besser. Hinter dem Café befindet sich die Snackbar. Vorzügliche Happen gibt es da. Leider darf ich nicht alles essen ...."

„Wieso? Sind Sie vielleicht krank? Ihr Vater ist doch Apotheker!"

Thomas machte ein besorgtes Gesicht.

„Also, es sind auch schon Apotheker gestorben. So ist das nicht. Aber die Ursache bei mir ist viel profaner. Ich nehme furchtbar schnell zu und dann muss ich mir wieder die Seele aus dem Leib rennen, um halbwegs eine Figur zu haben"

Thomas atmete erleichtert auf.

„Was ist, gehen Sie vielleicht auch in das Hotel Europa?" fragte er interessiert.

„Ja, so zwei bis dreimal die Woche. Aber ich treffe dort niemand Bestimmten. Wer halt gerade da ist, wird bequatscht. Zu reden gibt es immer was"

„Vielleicht gehe ich auch einmal dahin. Wo liegt denn das?"

„Gehen Sie jetzt die Hauptstraße hinunter und bei dem großen Torbogen rechts. Da sehen Sie es schon. Und gleich daneben ist die City-Apotheke. Vielleicht müssen Sie da auch hin"

„Ja, sie haben recht. Und ich muss mich jetzt sputen, ich soll heute noch zwei Besuche machen"

Thomas packte seinen Koffer zusammen und verabschiedete sich von seiner Göttin. Dann fiel ihm ein, dass er ihr ja versprochen hatte, sein Rasierwasser vorbeizubringen.

„Sind Sie heute Abend auch dort? Dann bringe ich das Rasierwasser dorthin mit. Und wir können noch ein bisschen tratschen"

Eva schaute ihn mit großen Augen an.

„Sehen Sie, darauf hätte ich beinahe vergessen. Gut, dann habe ich einen Grund, heute hinzugehen. Sehen wir uns dann?"

„Worauf Sie sich verlassen können. Ich bin ab sieben Uhr dort. Und zwar im Café"

„Gut, dann bis später. Der Papa schaut schon ganz böse. Er hat Angst, dass er seine Tochter verliert. Aber in Ihren Koffer passe ich nicht hinein"

Wieder lachte sie ihr perlendes Lachen. Als er aus dem Laden ging, winkte sie ihm noch vertraulich nach. Fast wäre er versucht gewesen, ihr als Antwort eine Kusshand zuzuwerfen, aber das wäre vielleicht doch etwas ungehörig gewesen.

Punkt neunzehn Uhr betrat Thomas das Café des Hotel Europa. Da er sich am Nachmittag verplaudert hatte, wurde er mit dem letzten Kundenbesuch erst zwanzig Minuten nach sechs fertig, sodass er nicht einmal Zeit hatte, sich zu duschen.

„Egal" dachte er sich „dusche ich erst, wenn ich zurückkomme"

Er nahm ein Deo, knöpfte sich das Hemd auf und sprühte es sich unter die Achseln. Dann putzte er sich noch kurz die Zähne, denn wenigstens sein Atem sollte frisch riechen. Das glaubte er Eva schuldig zu sein. Er steckte das Rasierwasserfläschchen in die linke Seitentasche seines Sakkos und richtete sich vor dem Spiegel noch seine Krawatte. Hier fiel ihm auf, dass er Wasserflecken auf seinem Hemd hatte, da er vorhin beim Zähneputzen nicht achtsam war.

„Egal" dachte er wiederum „das trocknet von selbst"

So nachgestylt und erfrischt verließ er das Hotel. Auf dem Parkplatz holte er noch sein Handtäschchen aus dem Auto, tat das Rasierwasser aus der Sakkotasche hinein und machte sich zu Fuß auf den Weg ins Hotel Europa, wo er, wie gesagt, pünktlich ankam.

Eva saß bereits in einer der seitlichen Logen, und der Kellner stand gerade bei ihrem Tisch und zündete die Kerze an. Sie sagte etwas zu ihm, er nickte und entfernte sich.

„Ich habe bereits auf Sie gewartet. Mit Ihnen kann man so herrlich plauschen. Nicht so, wie mit den Kommilitonen, wo jedes zweite Wort von Sex handelt"

Thomas begrüßte sie und setzte sich.

„Ist es wirklich so arg auf der Uni?" fragte er „Oder empfindet nur eine zarte Frauenseele das so?"

Eva lächelte.

„Nichts gegen Sex im Allgemeinen. Aber er darf nicht jedes Gespräch dominieren"

Thomas legte jetzt sein Handtäschchen neben sich ab. Dann wendete er sich wieder Eva zu.

„Da gebe ich Ihnen recht. Alles zu seiner Zeit. Aber als ich jung war, war das nicht anders. Wenn einmal die Gene gehörig verteilt sind, ändert sich dann alles"

„Wie lange ist das her?" fragte Eva jetzt direkt.

„Nun, so gut zwanzig Jahre. Ich wurde mit fünfundzwanzig Jahren das erste Mal Vater. Und erst dann bemerkte ich, dass ich anscheinend die falsche Wahl bei meiner Partnerin getroffen hatte" Thomas blickte in Richtung Kellner.

„Was trinkt man hier so am Abend? Vielleicht ein Gläschen Champagner?" fragte er, zu Eva gewandt.

„Na, vielleicht ein Martini oder so. Aber inwiefern haben Sie die falsche Wahl getroffen?"

Thomas seufzte auf.

„Wie soll ich sagen. Nach der Heirat und nachdem sie schwanger wurde, veränderte sich meine Frau total. Sie wurde zänkisch, eifersüchtig, hatte Probleme mit ihrer Schwangerschaftsfigur und, vor allem, war keinem vernünftigen Gespräch mehr zugänglich. Alles drehte sich um ihre Schwangerschaft, wie mühsam diese wäre und wenn sie das gewusst hätte ....." Thomas machte eine resignierende Handbewegung.

„Nach zwei Jahren wurde sie langsam wieder die Alte. Wir machten einen Urlaub in der Türkei und in der Folge wurde sie ein zweites Mal schwanger. Diesmal war nur und ausschließlich ich schuld. Damals habe ich mir diesen Außendienstjob gesucht, damit ich nicht zu viel Zeit zu Hause zubringen musste"

Eva winkte jetzt dem Kellner, der wieder nickte und sich in Bewegung setzte.

„So, jetzt kommt die Nagelprobe. Martini oder Sekt. Was meinen Sie?" fragte Thomas.

„Ich bin nach wie vor für Martini. Sekt macht leichtsinnig"

„Ah, schau an! Schon einmal entsprechende Erfahrungen gemacht?" fragte Thomas vertraulich. Eva lachte.

„Nein, ich nicht, aber meine beste Freundin ist damit zu ihrem Kind gekommen. Der Herr war anschließend eine Wolke, dass ihr Herr Papa erst ein Detektivbüro einschalten musste, damit das Kind einen ordentlichen Vater hatte"

„Und? Ist er dann wenigstens zu seiner Verantwortung gestanden?" fragte er.

„Na, nur unter Zwang. Er war verheiratet und hatte selbst Kinder. Es war nur so ein Ausrutscher, so hat er es bezeichnet. Dass er damit das Leben meiner Freundin fast zerstört hätte, war ihm gar nicht bewusst. Gott sei Dank war wenigstens ihr Vater so verantwortungsbewusst, dass er ihr eine eigene Wohnung besorgt hat und sie weiterstudieren konnte. Der Herr Kindesvater konnte sich dazu nicht aufraffen, Nägel mit Köpfen zu machen.

„Wie meinen Sie das?"

„Na, ich hätte wenigstens erwartet, dass er angeboten hätte, sich scheiden zu lassen. Wenn er schon herumvögelt, entschuldigen Sie den vulgären Ausdruck, dann kann es ja mit seiner Ehe nicht sehr weit her gewesen sein"

Der Kellner kam und nahm die Bestellung auf.

„Wo waren wir stehengeblieben? Ach ja"

Thomas nesselte an seiner Krawatte herum.

„Ich kann mir auch vorstellen, dass dieser Bursche nur auf dem Papier verheiratet war. Die große Freiheit hat er sich selbst genommen"

Eva zog jetzt den Kerzenständer an sich und spielte mit dem flüssigen Wachs und betrachtete das aufmerksam.

„Wie war das bei Ihnen? Haben sie sich auch die Freiheit selbst genommen?"

Sie blickte Thomas so aus den Augenwinkeln an.

„Wenn ich ehrlich bin, hatte ich damals eigentlich gar keinen Bedarf. Ich arbeitete zwölf Stunden am Tag, war fast jeden Tag in einer anderen Stadt und am Abend hundemüde. Damals habe ich für ein Buch über den Doktor Sorge - bitte das war so ein Schmöker - mehr als ein Monat gebraucht"

Er zeigte mit zwei Fingern ein ungefähr acht Zentimeter dickes Buch.

„Wer war dieser Doktor Sorge? Leicht dieser Spion?" fragte Eva.

Thomas war erstaunt, dass sie diesen Namen kannte.

„Ja, genau der. Er hatte ein ziemlich bewegtes Leben und am Schluss haben ihn die Japaner aufgeknüpft. Aber woher kennen Sie diesen Doktor Sorge?"

„Mein früherer Freund hat jüngere Zeitgeschichte studiert. Da ist er vorgekommen" sagte Eva so nebenbei.

Thomas hakte nach.

„Ihr Ex-Freund sozusagen. Und wie schaut es derzeit aus? Verliebt, verlobt, verheiratet, was trifft zu?"

Eva senkte den Blick.

„Also verlobt und verheiratet ganz sicher nicht. Das Andere weiß ich noch nicht ..."

„Wann wissen Sie das denn? Was muss da passieren?" bohrte Thomas nach.

Eva umfing den Kerzenständer mit beiden Händen und betrachtete ihn aufmerksam. Ihr Blick war noch immer gesenkt.

„Weiß ich nicht. Kann ich nicht sagen. Kommt darauf an" antwortete sie leise.

Thomas verspürte kurz Oberwasser.

„Das war aber keine konkrete Antwort. Aber verschieben wir die Diskussion, da kommen die Getränke"

Der Kellner brachte zwei Martinis und steckte einen Bon in ein leeres Glas am Tisch. Dann entfernte er sich wieder.

„So, jetzt tun wir da weiter, wo wir zuvor aufgehört haben. Also, worauf kommt es an?" bohrte Thomas weiter.

„Jedenfalls darf der Betreffende nicht unehrlich sein. Und auch nicht zu neugierig, denn das schreckt mich ab. Zufrieden?"

„Na so halb. Doch was die Neugier betrifft, das ist meine Schwachstelle. Zum Beispiel überlege ich, wie alt Sie sind"

Eva beendete ihr Spiel mit dem Wachs.

„Na, was glauben Sie?"

Thomas überlegte kurz.

„Sagen wir so zwanzig. Höchstens einundzwanzig. Älter nicht"

„Vollkommen daneben. Ich bin bereits fünfundzwanzig. Nächstes Semester schließe ich ab"

„So, sie verlangen von mir, nicht unehrlich zu sein. Also, dann sage ich: Es ist schon möglich, aber Sie sehen wesentlich jünger aus"

„Wir wollen bei der Wahrheit bleiben. Sonst wird nie etwas daraus"

Eva sagte das sehr bestimmt. Dann nahm sie einen Anlauf.

„So, jetzt sind Sie dran mit dem Geständnis. Wie alt sind Sie?"

Thomas überlegte blitzartig. Sollte er sich jünger machen? Es sprach nichts dafür, doch alles dagegen.

„Nächstes Monat mache ich das erste halbe Jahrhundert voll. Genau am Sechzehnten. Jetzt wissen Sie das letzte Geheimnis von mir. Prost!"

Thomas machte einen kräftigen Zug von seinem Strohhalm.

Eva tat es ihm nach.

„Prost" sagte sie „Auf alle Geheimnisse der Welt"

Thomas hielt lächelnd sein Glas in die Höhe.

„Nochmals Prost. Es lebe das Geheimnis"

Eva schaute auf einmal ernst.

„Sonst gibt es wirklich kein Geheimnis mehr? Vielleicht eine Freundin oder so? Ich zum Beispiel kann sehr eifersüchtig sein"

Thomas schüttelte den Kopf.

„Ja, ein Geheimnis gibt es doch"

„Was für eines? Ich höre" Eva war ganz aufmerksam.

„Nein, nicht sowas, was sie jetzt denken. Etwas ganz Anderes. Heute ist mein erster Arbeitstag nach einem halben Jahr Krankenstand. Burn out nennt man das wohl. Ich konnte plötzlich, von einem Tag auf den anderen, nicht mehr mit den Leuten reden"

„Das ist tragisch, aber anscheinend sind Sie ja vollkommen geheilt. Ich habe schon lange keinen so angenehmen Gesprächspartner mehr gehabt"

„Danke! Mir geht es ebenso. Wenn ich da an meine Frau denke ...."

„Das ist ungehörig, wenn man mit einer Dame zusammensitzt, von einer anderen Frau zu reden. Das tut man nicht" fiel ihm Eva ins Wort.

„Es ist nur meine Ehefrau. Das zählt nicht" wiegelte Thomas ab.

„Das war aber ganz schön Macho! Nur die Ehefrau! So, wie nur ein Kleiderkasten, oder so. Auch das tut man nicht, neben einer anderen Dame!"

Sie hatte es geschafft, wieder das Kommando zu übernehmen.

„So, jetzt reden wir aber über das Wetter, oder den Verkehr, oder die Regierung, aber keinen solchen Blödsinn mehr. Sie verzeihen mir?" Thomas machte einen zerknirschten Eindruck.

„Das Wetter ist ein gutes Thema. Da kann man nichts falsch machen. Los, reden Sie!" Dabei machte sie ein Gesicht, dass Thomas ganz anders wurde.

„Sie sind ein verdammt hübsches Kind! Wenn Sie so dreinschauen .... Mir wird gleich schwummerig. Einen alten Mann so betören! Schämen Sie sich!"

Er drohte scherzhaft mit dem Finger.

In dieser Tonart ging das Gespräch noch drei Martinis weiter und zum Schluss erbot sich

Thomas, seine Göttin nach Hause zu begleiten. Es bereitete ihm keine großen Schwierigkeiten, weil sein Hotel ja in unmittelbarer Nähe war. Vor der Haustür bekam er noch ein Küsschen, dann schwirrte Eva lachend ab ins Haus.

Thomas schlief diese Nacht fast nicht. Dauern kam ihm Evas Gesicht unter. Egal, ob es Götter gab oder nicht, er hatte eine Göttin kennengelernt. Und sogar geküsst hatte sie ihn.

Der nächste Tag brachte Thomas die erste Enttäuschung. Eine ältere Apothekerin schien anscheinend gegen seinen ganzen Charme immun und erklärte ihm, dass sie, wenn sie so ein Produkt verkaufe, dieses selbst herstelle und das noch ohne den ganzen chemischen Schnick-Schnack. Sie habe ihr Handwerk gelernt und ihre Kunden wüssten das zu schätzen.

Thomas war ärgerlich, nur zeigen durfte er das nicht. Er setzte sich daher in seinen Wagen und versuchte, sich abzuregen. Plötzlich klingelte sein Handy. Es war Eva.

„Du hast mir.. Ich darf doch heute noch du sagen?"

„Natürlich. Du hast mir gerade den Tag gerettet. Mich hat da gerade die Apothekerin von der Alten Stadtapotheke bis zur

Bewusstlosigkeit geärgert. Und da kommst du daher. Jetzt ist mir diese Urschel schon wieder egal. Hauptsache, ich höre dich. Was brauchst du denn, oder wolltest du nur ein wenig tratschen"

Eva zögerte ein wenig.

„Du hast mir gestern was versprochen, hast es aber nicht gehalten"

„Um Himmels willen, was war das? Ich kann mir nicht vorstellen ..."

Eva legte nach.

„Denk nach! Warum haben wir uns eigentlich gestern getroffen?"

Thomas klopfte sich mit der flachen Hand auf die Stirn.

„Sei mir bitte nicht böse, aber wenn ich dich sehe, vergesse ich alles um mich herum"

„Schmeichler! Aber das sagst du nur, weil du dich nicht mehr erinnern kannst. Ich helfe dir: Man schmiert es sich ins Gesicht, reibt es ein und es duftet herrlich"

„Die neue Creme? Na, so ein Wunder ist die auch nicht. Obwohl .... Auf deiner Haut riecht sie wie Lotos und Ambra zusammen"

„Du sollst dich schämen. Ein armes Mädchen veräppeln! Nein, dein Rasierwasser meine ich"

„Ach so! Ja, das habe ich tatsächlich vergessen! Zu blöd! Da müssen wir uns heute

Abend noch einmal treffen. Wie gestern um sieben?"

Man hörte Eva tief Luft holen.

„Ist in Ordnung! Ich komme ganz sicher. Du auch?"

„Verlass dich drauf. Und heute kommst du mir nicht mit so einem Zwergenkuss davon. Da kannst du dir sicher sein"

Eva schwieg lange.

„Na, wir werden sehen! Also dann, bis sieben"

Thomas hatte diesmal Herzklopfen. Er steckte ganz andächtig, so als wäre es eine Monstranz, das Handy in die innere Sakkotasche. Dann startete er und fuhr in die nächste Apotheke.

Heute war er unbesiegbar, das war seine feste Überzeugung.

Der Tag verlief auch ganz so, wie er es sich vorstellte. Leider war auch der letzte Kunde ein etwas zögerlicher Typ und so musste Thomas wieder eine Viertelstunde anhängen. Dann musste er aber erst zum Hotel zurückfahren.

Dort angekommen, reichte es wieder nur zu einer kurzen Aktualisierung. Statt Zähneputzen gab es diesmal Kaffeepralinen und statt des Deos musste das Rasierwasser aus dem Handtäschchen herhalten. Er tat es zwar wieder dorthin zurück, doch er ließ das ganze Täschchen in der Eile im Zimmer liegen.

Bis zum Hotel Europa brauchte er knappe zehn Minuten. Gerade rechtzeitig um Punkt neunzehn Uhr betrat er das Café. Natürlich saß Eva bereits dort und mit ihr ein schmalbrüstiger Jüngling von höchstens zwanzig Jahren. Eva lachte herzlich, als er ihr etwas erzählte und schaute dann betreten, als sie Thomas erblickte.

Sie gab dem jungen Mann diskret einen Kick mit dem Schuh an die Wade und der verstand sofort. Mit geradezu verdächtiger Eile verabschiedete er sich. Thomas bemerkte ärgerlich, dass etwas in ihm aufschoss, das er seit mindestens dreißig Jahren nicht mehr kannte, nämlich Eifersucht. Er hatte den Kick auf das Bein des Jungen bemerkt, was auf ein stillschweigendes Einverständnis der Beiden schließen ließ. So nach dem Motto „So, jetzt kommt der Alte, mach jetzt Platz. Wir sehen uns noch"

Thomas war übel gelaunt, als er sich zu Eva setzte. Diese bemerkte seine Laune und schaute betreten.

„Na, ist dir leicht eine Laus über die Leber gelaufen? Das war ….."

„Du bist ein freier Mensch. Du kannst reden, mit wem du willst und wann du willst. Du bist mir keine Rechenschaft schuldig"

Eva bemerkte allerdings sofort, dass das nicht der Wahrheit entsprach. Sie griff zur weiblichsten aller Waffen, nämlich zu einem gewinnenden Lächeln.

„Schau, wenn ich gewusst hätte ....."

„Hör zu, liebes Mädchen. Wir sollten das nicht dramatisieren. Der Grund für meinen Ärger liegt ganz woanders. Ich bestelle dich hierher, weil ich dir das Rasierwasser geben wollte und jetzt habe ich es mit meiner Handtasche im Hotel liegen gelassen. Ich komme mir wie ein alter Depp vor. So vergesslich, als hätte ich schon den beginnenden Alzheimer"

Er hatte elegant die Kurve gekriegt, fand er. Und damit diese blöde Eifersucht rasch in Vergessenheit geriet, bot er sich an, ins Hotel zurückzulaufen und die Tasche zu holen.

„Hast du etwas drin, was du unbedingt brauchst? Wenn nicht, dann holen wir sie, wenn wir nach Hause gehen. Das hat ja Zeit"

Der Abend nahm den gleichen Verlauf wie am Vortag. Vier oder fünf Martinis, dann ausgelassenes Gelächter und schließlich Heimgang.

Diesmal allerdings machte Thomas bei seinem Hotel halt und sagte, er laufe rasch in sein Zimmer und hole dieses dämliche Rasierwasser.

„Warum läufst du hinauf? Wir können doch gemütlich mit dem Lift fahren. Ich wollte ohnehin einmal sehen, wie so ein Handelsreisender residiert"

Thomas schaute entgeistert. Hatte sie das wirklich gesagt?

„Schau nicht so. Ich mag keine neugierigen Männer. Dass ich nicht neugierig bin, habe ich nie behauptet"

Dabei lachte sie, dass Thomas wegschmolz, wie Emmetaler im Backrohr.

„Na ja, ich habe gemeint ...."

„Den ganzen Abend meinst du. Und morgen fährst du ab und hast mich nach fünf Minuten schon vergessen. Da muss ich mich doch in deinem Gedächtnis verfestigen. Stimmt's?"

Thomas nickte nur mit trockenem Mund. Er ging voraus zum Lift und holte ihn. Dann fuhren sie hinauf in sein Zimmer.

„Weißt du, was mir an dir so imponiert hat? Du hast es gestern überhaupt nicht probiert, mich ins Bett zu kriegen. Und auch heute nicht. Zumindest bisher"

Sie hatten das Zimmer erreicht und Thomas sperrte auf. Ein Chaos schlug ihm entgegen. In der Eile hatte er einfach alles aufs Bett geworfen, um ja rechtzeitig ins Hotel Europa zu kommen. Jetzt schämte er sich etwas für die Unordnung.

„Siehst du, ich habe recht. Du bist ein Gentleman. Man sieht gleich, dass du niemals die Absicht gehabt hast, mich hierher zu schleppen. Ich wollte das nur sehen, damit ich dich besser einschätzen kann. So, und wo hast du jetzt das Rasierwasser?"

Thomas war total verwirrt. Es stimmte, er hatte diese Absicht nie gehabt, doch schließlich war das die Bequemlichkeit des Alters. Das konnte er aber nicht zugeben. Deshalb suchte er seine Handtasche und fand sie im Badezimmer. Er tat das Rasierwasser heraus und gab es Eva.

„Du kannst es behalten. Ich habe noch einige Flaschen zu Hause. Probiere es bei deinem Herrn Papa aus und wenn es ihm gefällt, kannst du dich an diese Adresse wenden. Oder du sagst es mir, dann bestelle ich das nächste Mal für dich mit"

Damit gab er ihr eine Visitenkarte, welche auf bordeauxfarbenem Kalbsleder geprägt war.

„Nobel, dein Freund. Ist das der mit den Pferden?"

„Nein, das ist ein Anderer. Der hat einen Sportwagen, der fast zweihunderttausend Eier gekostet hat. Der kann sich solche Späße leisten"

Eva schien das gar nicht zu imponieren.

„Ein schöner Haufen, zweihunderttausend Eier. Hühner- oder Wachteleier? Da gibt es einen großen Unterschied"

Thomas musste lachen.

„Liebe Eva. Du bist ein Kindskopf. Aber schon der Adam muss das seiner Eva verziehen haben, sonst wären wir jetzt nicht hier"

Eva zog einen Schmollmund.

„Schau an, jetzt wird's religiös. Der Adam, das ist doch der aus der Bibel. Der mit der Schlange. Na ja, die Männer waren schon damals Angeber" meinte sie schnippisch.

„Komme ich nicht mit. Nur weil er mit der Schlange nichts anfangen konnte ...."

Thomas stand unschlüssig da und sah Eva mit ratlosem Gesicht an.

„Ist schon gut! So ich gehe jetzt, weil jetzt fängt es an, anrüchig zu werden. Mann und Schlange? Da soll sich ein anständiges Mädchen nicht fürchten"

Sie drehte sich tatsächlich um, und machte Anstalten zu gehen. Thomas wollte sich ihr anschließen, als sie sagte:

„Du brauchst mich nicht hinunter zu bringen, ich finde da schon alleine .... Herrgott noch einmal! Jetzt habe ich doch tatsächlich meinen Schlüssel liegen lassen. Was mache ich jetzt nur? Wenn ich um diese Zeit anläute, bekomme ich morgen Zimmerarrest"

Thomas lachte aus vollem Herzen.

„Du glaubst es nicht! Ich war so blöd und habe das alles geglaubt! Oh ihr Frauen! Da kommt kein Mann mit, bei euren Jokes"

Eva tat empört.

„Was heißt hier Jokes? Ich habe wirklich ein Problem. Na, ich frage halt den Portier, ob er mich auf seinem Sofa übernachten lässt. Ist ja schon egal"

Dann schaute sie so aus den Augenwinkeln zu Thomas hin.

„Oder findet sich ein edler Ritter, der ein armes heimatloses Mädchen im zweiten Bett übernachten lässt?"

„Du hast Glück. Tatsächlich ist so ein Ritter da. Aber so als Zins muss das Mädchen dem Ritter das Bett wärmen. Schließlich ist nichts umsonst auf dieser Welt"

Jetzt lachten beide herzlich und ein schöner Abend neigte sich seinem späten Höhepunkt entgegen. Und das nicht nur im übertragenen Sinn.

Punkt fünf Uhr am Morgen ertönte im Zimmer von Thomas Müller ein eigenartiges pfeifendes Geräusch, das aber nach wenigen Sekunden wieder aufhörte. Eva löste sich ganz vorsichtig aus der Umarmung ihres noch tief schlafenden Liebhabers. Leise stand sie auf, kleidete sich notdürftig an und ging.

Sie hatte keine Nachricht hinterlassen, denn sie wollte Thomas nicht sinnlos quälen. Ihr war klar geworden, dass diese Beziehung nicht von Dauer sein konnte, auch wenn sie in Thomas einen Geistesbruder zu erkennen glaubte. Er war verheiratet, er hatte bereits ein geordnetes Leben und in ein paar Jahren würde er ganz bieder in Pension gehen. Sie jedoch hatte ihre berufliche Karriere noch nicht einmal begonnen.

Zu Hause schlich sie sich die Treppe hoch in den ersten Stock und ging auf Zehenspitzen in ihr Zimmer. Dort stellte sie die Weckuhr ihres Handys wieder auf sieben Uhr dreißig und legte sich so, wie sie gerade war auf ihr Bett. Schon zwei Minuten später schlief sie.

Nachdem dann der Wecker pünktlich geklingelt hatte, stand sie auf und ging seufzend unter die Dusche. Sie hatte in der vergangenen Nacht kaum vier Stunden geschlafen. Als ihre

Mutter rief, antwortete sie, dass sie heute kein Frühstück haben möchte, weil sie sich nicht wohl fühlte. Es war gelogen. Ganz im Gegenteil, sie fühlte sich jung, topfit und total entspannt. Aus diesem Grund zog sie heute auch ihren hellgrünen Minirock und dazu einen rosaroten Pullover an. Nichts drunter außer einem Stringtanga, der aber auch mehr zeigte, als er verbarg.

Sie ging hinunter in die Apotheke, wo ihr Vater bereits wartete. Er übergab ihr eine Liste mit bestellten Medikamenten, die sie vorbereiten musste. An und für sich eine Arbeit, die sie forderte, denn sie musste genau sein, um niemand mit einem falschen Medikament zu gefährden. An diesem Tag war sie jedoch mit dem Kopf nicht bei der Arbeit, sodass sie dreimal nachkontrollierte und jedes Mal einen Fehler fand.

Sollte sie wirklich so klein beigeben oder sollte sie sich mit Thomas ein Verhältnis anfangen? Noch war es von ihrer Seite eine Liebelei, ein interessantes Experiment, wie weit sie einen reifen Mann treiben konnte. Doch sie hatte vor drei Jahren bereits eine Beziehung mit einem früheren Lehrer von ihrem Gymnasium geführt. Am Anfang lief alles wie am Schnürchen, doch dann, nach einem dreiviertel

Jahr, bekam der gute Mann plötzlich kalte Füße und servierte sie ab. Sie litt damals Höllenqualen, denn sie konnte nicht verstehen, wie ihr das passieren konnte. Sie, die normalerweise nur mit den Fingern zu schnippen brauchte, und ihre Mitschüler und Kommilitonen sanken ihr zu Füßen.

Es war nicht die verschmähte Liebe, es war mehr der verletzte Stolz, der ihr so zu schaffen machte. Jetzt war sie in einer ähnlichen Situation. Thomas war nett, er war ein Gentleman und derzeit war noch er derjenige, der begehrte. Sie duldete sein Begehren nur, sie konnte auch ohne ihn leben. Vielleicht ein wehmütiges Herzklopfen, aber sonst nichts. Für Thomas aber war es die Erfüllung, mehr noch, eine Obsession, mit ihr zusammen zu sein. Das machte sie stolz und baute sie auf.

Der Vormittag verging und nichts rührte sich. Zuerst versuchte sie, das noch mit Zeitnot von Thomas zu entschuldigen, doch je mehr der Vormittag fortschritt, desto nervöser und ungeduldiger wurde sie.

Immer stärker hatte sie den Verdacht, dass, jetzt wo er bekommen hatte, was er wollte, er einfach einen schönen One-Night-Stand darin sah. Eine vergnügliche Nacht, aber ohne Verpflichtung. Dem stand jedoch gegenüber, dass sie sich sicher war, dass sie auf ihn einen bleibenden Eindruck hinterlassen hatte.

Punkt zwölf Uhr dreißig wollte sie jetzt Sicherheit haben. Sie griff zum Handy und rief Thomas an.

„Hallo?"

„Hallo! Wie geht's?"

Thomas klang etwas unterkühlt.

„Na, war ich dir nicht wenigstens einen Anruf wert? Ich habe den ganzen Vormittag darauf gewartet"

„Du weißt ja, die Arbeit! Ich hatte wirklich keine Zeit. Ich bin erst vor fünf Minuten in mein Auto gekommen. Jetzt mache ich Mittagspause"

„Gehst du nicht essen?"

„Nein, das dauert viel zu lange. Ich lege mich da im Auto ein wenig aufs Ohr."

„So, jetzt aber heraus mit der Sprache! Warum hast du wirklich nicht angerufen? Bin ich dir das nicht wert? Ja oder nein!"

„Schau! Erstens habe ich deine Nummer nicht gehabt ..."

„Blödsinn! Du hättest nur auf dein Eingangsprotokoll vom Handy schauen müssen. Da steht sie drauf. Und was hast du sonst für Ausreden? Oder habe ich dir etwas getan?

„N' ja! Eigentlich nicht. Aber du bist plötzlich verschwunden. Da habe ich mir gedacht, du hast nur darauf gewartet, bis ich einschlafe, dann bist du klammheimlich weg. Oder was soll ich denn davon halten, wenn ich am Morgen munter werde und es ist nur das zerwühlte Bett noch da?"

Eva zögerte einen Moment. Sie wollte ihn nicht mit ihren Gedankengängen konfrontieren.

„Also gut. Ich kann nicht einfach um halb acht in die Apotheke spazieren und tun, als ob nichts wäre. Darum bin ich bereits um fünf abgetaucht. Und weil du heute einen anstrengenden Tag hast, und ich das auch weiß, habe ich dich nicht geweckt. Ist diese Erklärung genug?"

„Muss ich mir erst überlegen. Wer war eigentlich der Knilch, der gestern, wie ich gekommen bin, bei dir gesessen ist?"

„Geht dich zwar nichts an, aber das ist der Max, der jüngere Bruder meines früheren Freundes. Über ihn bin ich mit Timo immer noch in Verbindung. Aber ich kann dich beruhigen. Der Timo ist ein fanatischer Wissenschaftler und der ist jetzt in Amerika. Und der Max liebt nur Männer. Am liebsten sind ihm solche, die bereits leicht angegraute Schläfen haben"

Eva lachte herzlich.

„Na, darauf kann ich aber auch verzichten! Da sind mir junge knackige Mädchen bei weitem lieber. Woher weißt du denn das von dem Max?"

„Er hat's mir selbst gesagt, weil er geglaubt hat, ich brate ihn als Ersatz für seinen Bruder an. Freundschaft ja, aber kein Sex! Hat er mir gesagt. So wie ich es dir jetzt sage"

„Warum keinen Sex mehr? War ich so schlecht?"

„Nein, nicht mit dir! Allerdings, ich hätte schon noch etwas vertragen. Du weißt, wir Frauen haben da etwas mehr Appetit"

„Muss ich dich enttäuschen. Weiß ich nicht! Ich habe mit meiner Frau schon seit Jahren keinen Sex. Ihr geht's nicht ab, sagt sie und aufdrängen will ich mich nicht"

„Armer Thomas! Ich habe dich doch hoffentlich gestern nicht überfordert. Wo du doch gar nichts gewohnt bist. Hat mir aber überhaupt nicht so ausgesehen. Du warst ein toller Hengst"

„Jetzt schmeichelst aber du! Aber ich muss zugeben, dass zu meiner Burn-out-Therapie auch ein ordentliches Sportprogramm gehört hat. Ich laufe immer noch fast eine Stunde jeden Tag. Könnten wir auch einmal zusammen machen. Stell dir vor, du wirst zu dick. Da läufst du wie ein Wiesel auf der Flucht"

„Du bist so frech! Ich werde nicht dick, denn ich passe auf meine Figur auf. Schließlich brauche ich die ja noch"

„Ist es dir denn so viel wert, dass du mir gefällst? Oder was ist da sonst für ein Grund dafür vorhanden?"

„Na gut, ich gestehe es dir. Aber du musst versprechen, nicht gleich wieder eifersüchtig zu sein"

„Bin ich doch nie! Ich habe dir doch gesagt, du bist ein freier Mensch. Also wer ist der Halunke im Hintergrund?"

„Siehst du! Ich will dir was erzählen und du denkst schon wieder schlecht. So eine bin ich nicht!"

Eva war echt beleidigt. Thomas war eifersüchtig, das stand fest.

„Also, was willst du mir beichten? Soll ich mich vielleicht hinlegen, damit es mich nicht vom Sitz haut? Sprich schon, mein Ohr ist schon ganz aufgestellt"

Jetzt musste Eva lachen. Thomas mit Ohren wie der Mister Spock! Das wär's echt gewesen.

„So, also: Ich brauche meine Figur, weil ich für eine Werbeagentur modle. Ist das so schlimm?"

„So wie es sich anhört, nicht. Aber wer weiß, was da sonst noch abgeht. Das sind schlimme Böcke, diese Werbefritzen. Ich weiß das, weil ich ja viele davon kenne"

„Ja ja! Wie der Schelm ist, so denkt er. So ich muss jetzt Schluss machen. Die Mama wartet auf mich. Und ich muss erklären, warum ich heute nicht gefrühstückt habe"

„Gut dann erzähle ihr, du bist gestern Abend diesem Schönheitscreme-Fuzzie in die Hände gefallen. Und der hat dich bis vier Uhr früh dauernd vergewaltigt. Ein schlimmer Mensch das!"

Eva lachte jetzt noch heftiger.

„Kann ich ihr nicht erzählen, denn da ersticke ich vor Lachen. So, jetzt ist wirklich Schluss. Servus!"

Eva zögerte aber noch, das Gespräch abzubrechen, denn sie hätte gern gehört, das er sich auch verabschiedet.

„Eva?" hörte sie jetzt aus dem Telefon „Eva, bist du noch da?" Sie presste den Hörer fest an ihr Ohr.

„Ja" flüsterte sie „Ich höre dich. Was sagt man da, wenn seine Geliebte sich verabschiedet?"

„Noch ein paar Minuten! Bitte! Ich sage auch keinen Blödsinn mehr. Aber ich brauche deine

Stimme. Sonst bin ich den ganzen Nachmittag traurig und kann so zu keinen Kunden gehen. Wie soll ich mit tränenerstickter Stimme eine Hautcreme anbieten? Das geht gar nicht! Also ...."

„So, jetzt hör auf, du Blödel. Du kannst ja heute Abend ins Europa kommen. Ich bin verlässlich dort"

„Kann ich dir nicht versprechen, ich bin gut hundert Kilometer weit weg am Abend. Aber ich rufe dich an. In Ordnung?"

„Gut, wenns nicht anders geht! Also dann, bis Abend, so oder so"

„Servus mein Goldschatz. Bis am Abend"

Damit legte sie auf. Thomas jedoch drehte sich am Autositz um und schlief fast augenblicklich ein.

Zwei Monate später, Thomas kam gerade von einer Werbetour nach Hause, wartete seine Frau auf ihn.

„Na, auch wieder einmal daheim? Hast du jetzt ein zweites Zuhause anderswo?"

Thomas stellte seinen Trolly ab und schaute Ursula, seine Frau, verständnislos an.

„Sag einmal, was ist denn dir über die Leber gelaufen? Du bist ja geladen wie eine Türkenkanone. Pass auf, gleich explodierst du"

„Das kannst du sofort haben!" setzte sie ihre Schimpfkanonade fort „Wenn schon deine Flittchen bei mir zuhause anrufen, dann ist der Punkt erreicht, wo meine Toleranz zu Ende ist. Was glaubst du eigentlich? Nicht nur, dass du dich monatelang irgendwo in der tiefsten Provinz herumtreibst und nicht nach Hause findest, hast du auch noch auswärtige Affären. Sag, schämst du dich denn nicht? So ein alter Depp läuft irgendwelchen blutjungen Dingern nach. Die könnte doch gut und gern deine Tochter sein!"

Thomas stellte sich jetzt auch auf und schaute auf seine Gattin.

„So, meine Liebe, jetzt schenkst du mir einmal reinen Wein ein. Wer hat angerufen und warum?"

Ursula trat einen Schritt vor und setzte sich ebenfalls in Position.

„Gestern hat so eine Tussi von dir angerufen und hat gefragt, ob sie den Thomas sprechen kann. Ich sage nein, aber ich bin nur das Hausmädchen. Was ich denn ausrichten soll, wenn du nach Hause kommst. Sagt die glatt, Schöne Grüße von der Eva und ob du sie schon vergessen hast. Der Stimme nach war das noch ein Schulmädchen. Bist du jetzt pädophil oder was?"

Thomas ging ein Stich durch das Herz. Eva! Ist sie doch nicht beleidigt!

„Soll ich dir was sagen?" antwortete er „Du bist so dumm, dass du auf jeden Scherz hereinfällst. Meine Kollegen kennen dich ja und da haben sie die Tochter vom Obermayr angestiftet, nach mir zu fragen. Auf diese Art glauben sie, mir eine hineinwürgen zu können. Aber da ich ein reines Gewissen habe, ist mir das egal"

Thomas drehte sich um und nahm seinen Trolly wieder auf.

„Die Wäsche lege ich dir zur Waschmaschine. Ich muss aber noch etwas schreiben, deshalb störe mich nicht"

Er begab sich in den Keller zur Waschküche und räumte seinen Koffer aus. Dabei überlegte er:

Eva hatte vor einer Woche in der Flamingo-Bar mit einem schmalzlockigen Türken oder Griechen getanzt. Und wie eng! Sie hatte das begründet, dass sie derzeit für den Jahrgangsball Tango üben müsse. Und beim Tango geht es halt einmal etwas enger zu. Er hatte sich darüber etwas mokiert, worauf sie empört abgerauscht war. Die Zeche hatte sie ihm zu zahlen überlassen. Seitdem ging sie nicht mehr an das Telefon, wenn er anrief.

Er nahm sich vor, sofort, wenn er auf seinem Zimmer wäre, zurückzurufen. Nur, warum rief sie da bei ihm zu Hause an? Warum nicht am Handy? Sollte das nicht etwa Vergeltung für seine Eifersucht sein? Nur sie konnte das klären.

Thomas nahm den Anzug, der sich auch im Koffer befand, und hängte ihn vor der Waschküche auf einen Haken. Dann packte er auch noch sein graues Reservesakko aus und hängte es dazu. In dem Moment kam Ursula die Kellertreppe herunter.

„Du brauchst das gar nicht so herzuhängen, ich bin nicht dein Dienstbote. Bügle dir dein Zeug selbst, ich tue es nicht! Oder, noch besser, gib es der Mutter deines Schulmädchens. Und deine Wäsche gleich dazu"

Damit rauschte sie an ihm vorbei in den Saunakeller. Thomas schüttelte den Kopf und nahm Anzug und Sakko und ging damit hinauf in sein Zimmer. Dort warf er Beides auf das Bett und setze sich an den Tisch. Er nahm sein Handy und wählte die Nummer von Eva. Es klingelte und klingelte, nur Eva hob nicht ab. Thomas grübelte wieder.

„Dachte ich es mir! Sie ist doch eine Schlampe und zieht jetzt mit irgend so einem Typ um die Häuser. Neben dem kann sie aber das Handy nicht abheben, sonst kommt der drauf, dass es noch einen anderen Mann gibt. Wer so aussieht wie sie, hat an jedem Finger zehn"

Thomas steckte das Handy ohne Hülle in seine Hosentasche, dann setzte er sich zu seinem Computer und prüfte sein Mailfach.

Was da von Eva stand, hatte er schon zweimal gelesen.

Sie ließe sich das nicht mehr gefallen, sie sei nicht seine Sklavin. Mit wem sie tanze, entscheide immer noch sie. Und von ihm wolle sie jetzt und für immer nichts mehr wissen.

Thomas traf jedes Wort wie ein Pfeil ins Herz. Er hatte absichtlich nicht zurückgeschrieben, damit sie sich etwas abregen konnte. Bisher hatte das bei ihren kleinen Liebeshändeln immer funktioniert. Und wenn es gar nicht ging, fuhr er in einer Nacht vierhundert Kilometer und mehr, damit er ein paar Stunden mit ihr verbringen konnte. Dann war alles wieder in Ordnung, paletti, wie sie zu sagen pflegte, und ein neues Spiel konnte beginnen.

Einmal war am Telefon eine männliche Stimme im Hintergrund, einmal ließ sie ihn fast eine Stunde im Auto warten und hatte dann Kopfschmerzen, wie eine alte Ehefrau. Ein andermal machte sie sich ein Treffen mit ihm in einem Lokal aus wo, welch Wunder, ein halbes Dutzend Kommilitonen zufällig anwesend waren. Sie war so umlagert, dass sogar der Kellner Probleme hatte, zu ihr durchzukommen. Und das alles in knapp acht Wochen.

Langsam hatte Thomas das Gefühl, sie spielte bloß mit ihm. Aber mit jedem Krach wurde seine Leidenschaft für sie immer drängender und belastender. Es gab Tage, da konnte er vor Sorge um sie keinen Bissen essen. Rief sie dann an und alles löste sich auf, überfiel ihn dann der aufgestaute Hunger und er musste alle Kraft zusammennehmen, um nicht alles für ihn Greifbare in sich hineinzustopfen.

Eine Zeitlang hatte Thomas das Gefühl, die Regeln in diesem Spiel zu gestalten. Jetzt entglitt ihm diese Führung und stürzte ihn in Zweifel, Verwirrung und Unsicherheit. Je mehr er sich in Eva hineinsteigerte, desto verwirrter wurde er,

Was war sie für ein Mensch? War sie der Engel, den er verzweifelt versuchte, in ihr zu sehen, oder war sie ein Scharlatan, der nur ein unwürdiges Spiel mit ihm trieb? Wo war Lüge, wo war Wahrheit?

Thomas probierte nochmals, bei Eva anzurufen, doch sie meldete sich nicht. Wieder steckte er das Handy in die Hosentasche. Dann entschloss er sich, Nägel mit Köpfen zu machen und ein für allemal sein Liebesleben auf die Reihe zu bringen. Dazu war aber erforderlich, zuerst seine private Situation zu klären.

Mit Ursula schien kein geordnetes Verhältnis mehr möglich. Sie sah in ihm bloß die Geldquelle. Ein menschliches oder gar zärtliches Wort von ihr hatte er schon jahrelang nicht mehr gehört. Er überwies ein üppiges Haushaltsgeld, sie besorgte ihm den Haushalt. Sie war auch nicht eifersüchtig im üblichen Sinn. Sie hatte nur Angst, dass ihr eine Neue ihre wohlerworbenen Rechte streitig machen könnte.

Er ging hinunter ins Erdgeschoss und suchte Ursula. Wie üblich saß sie vor dem TV-Monster in ihrem reichlich dimensionierten Wohnzimmer. Wie schön wäre es, könnte er mit Eva entspannt hier sitzen. Doch nein, wollte er hier fernsehen, müsste er sich zuerst einen Platz erkämpfen. Heute jedoch stand ihm der Sinn nicht nach Unterhaltung, heute wollte er Ordnung in sein Leben bringen. Er würde mit Ursula einen Handel abschließen. Sie sollte ihm die Freiheit geben mit einer Scheidung, und er bot ihr dafür lebenslangen Unterhalt. Das Haus würden sie gleich an den Sohn weitergeben, die

Tochter war ja bereits bei ihrer Heirat abgefertigt worden.

Thomas war sich sicher, dass Ursula einer solchen Regelung, wenn sie emotionsfrei ausgehandelt wurde, sofort zustimmen würde.

Dann wäre er frei! Er könnte Eva fragen, ob sie seine Frau werden würde und alles würde gut werden. Thomas war sich ebenso sicher, dass Eva einem solchen Angebot nicht widerstehen konnte. Schließlich stellte er etwas dar und auch finanziell ging es ihm nicht schlecht.

Er ging in das Wohnzimmer bereits mit einem siegessicheren Lächeln. Ursula schaute ihn misstrauisch an. Er begann zu reden und kam eigentlich gleich in media res. Ursula hatte aufgehört, in den Bildschirm zu starren, und hörte ihm aufmerksam zu. Er redete fast eine Viertelstunde, ohne das sie etwas sagte. Was sie dann aber sagte, setzte ihn in echtes Erstaunen.

„Schau, dein Vorschlag ist gut. Zweifellos. Er ist großzügig, die Kinder sind berücksichtigt und mir nimmt er ständigen Ärger von der Seele. Nur, du bist dabei der Dumme. Schöne Frauen kosten Geld. Wenn du mir Unterhalt zahlst, wie du anbietest, bist du selbst auf dem Gehaltsniveau eines kleinen Angestellten. Wie willst du da das Geld aufbringen für eine junge anspruchsvolle Frau?"

Thomas war sprachlos. Das erste Mal seit Jahren, dass sich Ursula um ihn Gedanken machte. Sicherlich waren ihre Argumente nicht so einfach von der Hand zu weisen, aber er fühlte sich stark und sicher. Er würde alle Hindernisse aus dem Weg räumen und dann würde Eva nichts anderes übrigbleiben, als seine Leistung anzuerkennen und ja zu sagen, wenn er sie fragte, ob sie seine Frau werden wolle.

Ursula sprach noch weiter.

„Ich mache dir einen Vorschlag. Du denkst nach und sagst mir morgen, ob das wirklich dein Ernst ist. Ich kenne diese Frau nicht, aber wenn man dich anschaut, sieht man, dass du total auf sie abfährst. Bedenke aber, dass eine Frau kein Konsumartikel ist und du sie nicht nach fünf Jahren wegwerfen kannst. Allerdings wirst du älter und damit unattraktiver. Ob sie dich in zehn Jahren auch noch mag, kann ich nicht beurteilen. Das Leben verformt uns. Schau mich an. Vor dreißig Jahren hast du in mir noch die Superfrau gesehen. Heute bin ich dein Dienstbote. Wird es bei ihr auch so sein oder musst du zusehen, wenn sie mit einem Anderen herumpusiert? Hältst du das eigentlich aus? Denke noch einmal gründlich nach. Dann reden wir weiter"

Thomas war wie vor den Kopf geschlagen. Ohne dass er es mitgekriegt hatte, war er von Ursula durchschaut worden. Sie hatte recht. Darüber musste man nachdenken.

Gerade als er sich wieder in sein Zimmer begeben wollte, läutete sein Handy. Er nahm es aus der Hosentasche und schaute auf das Display. Eine ihm unbekannte Nummer stand dort. Sicher, dass es irgend ein Fehlanruf war, hob Thomas ab.

„Hallo Schatz, ich bin's die Evamaus. Wir waren jetzt die ganze Woche in Istrien auf Fotoshooting. Da habe ich gleich am ersten Tag mein Handy verloren. Darum habe ich auch nicht anrufen können. Bist du mir noch böse?"

Thomas wusste nicht, was er sagen sollte. Einerseits war er froh, dass Eva wieder da war und ihn anrief, andererseits machte er sich sofort Gedanken über ihre Treue. Bei so Fotosessions ging es oft ganz schön zur Sache, das wusste er von Kollegen aus seiner Firma. Nicht umsonst war so eine Safari bei allen, die dazu Gelegenheit hatten, so begehrt.

„Ich kann jetzt nicht reden, ich bin in einer Besprechung. Ich rufe zurück"

So, das hatte er souverän gemeistert. Oben am Zimmer würde er dann Eva anrufen und mit ihr wieder vernünftig reden. Nur konnte er jetzt nicht so einfach weggehen, ohne Verdacht zu erregen. Er begann deshalb mit Ursula ein Gespräch über ihre Ehe und was schiefgelaufen war. Nach einer Viertelstunde begab er sich wirklich auf sein Zimmer und fing sofort sein Handy aus der Hosentasche.

Er wählte die Nummer, unter der Eva zuvor angerufen hatte.

„Hallo Eva. Du ich habe zuerst nicht reden können. Was wolltest du mir noch sagen?"

„Nichts. Ich wollte dir nur sagen, dass ich wieder da bin. Und dass ich die ganze Zeit schon fast langweilig brav war. Kein Suff, kein Sex, nicht einmal ein Joint. Nichts. Was sagst du jetzt?"

„Ich bin sehr zufrieden mit dir. Treffen wir uns wieder einmal?"

„Ja, gern. Aber ich muss ab morgen ziemlich viel büffeln. Jetzt fangen die Prüfungen an und da muss ich fit sein. Ich sage dir noch, wann ich Zeit habe"

Thomas wollte etwas antworten, als ein ohrenbetäubender Rülpser durch das Telefon kam. Dann hörte man Eva „Du bist ein ganz schönes Schweindel" sagen, aber so, dass man merkte, dass sie eigentlich das Mikro zuhalten wollte.

Sofort schossen wieder Zorn und Eifersucht in Thomas hoch. Schon wollte er das Gespräch abbrechen, als Eva erklärend sagte.

„Das war Siegbert, ein Kommilitone. Du kennst ihn ja. Das war der mit dem roten Mascherl"

„Wo bist du denn eigentlich?" fragte Thomas jetzt verwundert.

„Wir sitzen in der Mensa und trinken einen Schluck. Und wo bist du eigentlich?"

„Zu Hause, bei meinem treusorgenden Weib. Wir reden über Trennung"

„Na prost. Weißt du eigentlich, dass dir das ein Vermögen kosten kann? Wir haben vor einem Monat darüber einen Vortrag bekommen. Frauen sitzen da immer am längeren Ast, besonders wenn sie Kinder haben. Ist auch gut so"

Jetzt stieg in Thomas aber so ein Verdacht auf.

„Du, sag einmal, hast du bei meiner Frau zu Hause angerufen? Sie behauptet das nämlich"

„Das ist aber ein schöner Unfug! Ich war die ganze Zeit in Kroatien. Und ich hatte dort gar kein Telefon, weil ich es verloren habe"

Thomas kannte sich jetzt gr nicht mehr aus.

„Sie behauptet aber, eine Eva hätte angerufen und mir einen schönen Gruß bestellt. Warst du das also nicht?"

„Nein, niemals! Wie käme ich dazu?"

„Weiß nicht. Aber sonderbar ist das schon" Eva seufzte.

„So, ich mache jetzt Schluss. Ich rufe dich an, sobald ich Zeit habe. Ich wünsche dir noch einen schönen Tag. Servus"

Bevor Thomas noch etwas sagen konnte, legte Eva auf.

Jetzt war er sich ganz sicher. Wenn er sich nicht beeilte, hatte er bei Eva das Nachsehen. Er ging hinunter zu Ursula und teilte ihr mit, dass sein Entschluss gefasst war. Er würde ausziehen, sein Anwalt würde alles regeln. Er würde nur noch eine Wohnung brauchen. Sobald er die hätte, würde er sie nicht mehr belästigen.

Ursula trug es mit Fassung. Ganz offensichtlich hatte sie sich schon längst von dieser Ehe verabschiedet. Anscheinend aus purer Bequemlichkeit und wahrscheinlich auch deswegen, weil Thomas ja fast dauernd unterwegs war, hatte sie nicht schon früher die Initiative ergriffen. An ihrem Leben würde sich nichts ändern, auch wenn das Haus später ihrem Sohn gehören sollte.

Thomas ging jetzt wieder in sein Zimmer. Er räumte den Computer wieder weg und richtete alles zum Bügeln her. Er holte Bügelladen und Bügelstation aus dem Wirtschaftsraum und begann, seine Kleidung aufzuarbeiten. Leise Wehmut keimte in ihm auf, als er begann sich zurückzuerinnern.

Ganz früher war Ursula auch eine hübsche Frau gewesen. Nicht so perfekt wie Eva, aber durchaus attraktiv. Was sie allerdings hatte, war eine sehr direkte, um nicht zu sagen beleidigende Art mit Menschen umzugehen. Während des ersten Kindes war ihre Beziehung beinahe am Kippen. Nach der Geburt änderte sie sich aber wieder und erst nach dem zweiten Kind blieb diese störende Eigenart dauernd.

Thomas hatte damals eine eigene Werbeagentur, die so ganz leidlich ging. Als er bereits damals die Absicht hatte, Ursula zu verlassen, verkaufte er diese und fing bei seiner jetzigen Firma an. Er verstand sein Handwerk und wurde bald eine unverzichtbare Kraft. Dadurch, dass er in der Folge sehr viel unterwegs war, besserte sich sein Verhältnis zu seiner Frau wieder. Sie erzog die Kinder, managte den Haushalt und er besorgte das Geld. Was Ursula nicht wusste, war, dass er sich im Lauf der Jahre einen gewissen Notgroschen zur

Seite gelegt hatte. Er würde ihn jetzt mit seiner neuen Frau nötig brauchen.

Weitere drei Monate später bekam Thomas seine neue Wohnung. Sein Verhältnis zu seiner jetzt Ex-Frau hatte sich schlagartig mit der Scheidung gebessert. Sie half ihm, wie sie nur konnte dabei, sein neues Leben einzurichten. Merkwürdigerweise schien sie von Eva nichts mitbekommen haben, was wahrscheinlich darauf zurückzuführen war, dass Eva knapp vor dem Studienabschluss stand und hier sehr gefordert wurde. Thomas und sie sahen sich häufig nur am Samstagabend und den verbrachten sie in irgend einem Hotel.

Thomas arbeitete wie verrückt. Neben seinem Job als Kundenbetreuer gestaltete und betreute er jetzt verschiedene Werbeprojekte seiner Firma. Obwohl er an seine Ex-Frau Unterhalt bezahlen musste, merkte er finanziell kaum einen Unterschied. Erst als er die neue Wohnung bezahlen sollte, fiel ihm auf, dass er jetzt bei der Bank schlechtere Konditionen erhielt. Um nicht in einem sinnlosen Schuldenberg zu versinken, verkaufte er seinen teuren Wagen und legte sich einen bescheideneren Mittelklassewagen zu. Die Differenz floss in die Wohnung. Auch der

Notgroschen ging dabei drauf. Aber er hatte jetzt eine neue Eigentumswohnung, die auch schon fast fertig eingerichtet war. Er konnte jetzt Eva etwas bieten.

Gerade als er fand, dass sich seine Lage wieder konsolidiert hatte, geschah ein folgenschweres Missverständnis.

Eva hatte an ihrem Studienort so etwas wie ein Stammcafé, wo sich die jeweiligen Studenten trafen. Thomas wusste das, aber er war noch nie dort.

Als er an einem Samstag von Eva nichts hörte, fuhr er die fünfundachtzig Kilometer bis zu ihrem Studienort und ging in das Café. Wie es in solchen Lokalen üblich ist, kannte dort jeder jeden. Nur von Eva war nichts zu sehen. Er fragte daher eine frohe Runde, die beisammen saß und diskutierte, ob Eva nicht da wäre.

„Nein!" war die kurze Antwort.

„Kann mir einer von euch sagen, wo ich sie finden kann?"

„Wieso? Bist du ihr Vater?" fragte ein vorlauter Grünschnabel.

„Nein, der Onkel. Und jetzt sagt mir, wo sie ist. Ich brauche sie dingend.

Es entstand eine kleine Diskussion, dann sagte ein Mädchen:

„Ich glaube, die ist gerade mit dem Sascha auf's Zimmer gegangen. Aber vorher anklopfen, man weiß ja nie ...." Dabei lachte sie so eigenartig.

„Welches Zimmer ist das?" fragte Thomas gepresst.

„Zimmer sechshunderfünfundsechzig. So, und jetzt lass uns in Ruhe"

Thomas ging bewusst langsam, in Wahrheit wäre er gern gelaufen. Diesmal hatte Eva den Bogen überspannt. Er hatte alles für sie aufgegeben, sie hatte ihn zum Narren gemacht. Kaum war er außer Sichtweite, begann er tatsächlich zu laufen. Hin zum Lift, hinauf in den sechsten Stock. Dort musste er sich erst orientieren. Am Gang begegnete ihm ein junger Schönling, der in die Teeküche ging. Thomas lief an ihm vorbei und wäre fast am Zimmer sechshunderfünfundsechzig vorbeigelaufen. Im letzten Moment bemerkte er sein Versehen, drückte die Klinke und die Tür ging auf. Eva saß, ganz normal bekleidet, auf dem Bett. Als sie Thomas sah, hielt sie sich die Hand vor den Mund und flüchtete auf den Balkon. Sie versuchte verzweifelt, die Türe zuzuhalten, doch Thomas war stärker. Er riss sie an sich.

„Ich habe es gewusst! Du Schlampe! Du führst hinter meinem Rücken ein freies Leben mit deinem Sunnyboy und ich arbeite mir einen krummen Rücken für dich. Aber warte. Das geht nicht lange mehr!"

Eva versuchte sich loszureißen, doch er war ihr körperlich überlegen. Als sie sich nach rückwärts über das Balkongeländer bog, hob er sie kurz an und trat dann zurück. Eva fiel wie ein Stein und brachte im Fallen nicht einmal einen Laut heraus.

Thomas begriff am Anfang gar nichts. Als er aber aus seiner augenblicklichen Schockstarre erwachte, schrie er laut.

„Eva! Nein! Nicht das!" und versuchte, sich auch über das Geländer zu stürzen. Eine kräftige, muskulöse Hand hielt ihn am Oberarm fest.

„Das täte dir so passen. Nichts, mein Freund! Hiergeblieben! Gleich kommt die Polizei!"

Thomas drehte sich um. Es war der Schönling, der ihn mit seiner muskulösen Rechten hielt. In der Linken hielt er ein Handy, mit dem er den Notruf betätigte.

Die Funkstreife war knapp fünf Minuten später da. Thomas brauchte man nicht mehr festzuhalten, er war ein heulendes Bündel Elend.

„Du warst ein Idiot. Eva wollte mir nur ein paar Formeln aufschreiben. Sie war dir sowieso verfallen. Zwischen uns war rein gar nichts" meinte Sascha kalt zu Thomas, als ihn die Polizisten bereits in Gewahrsam hatten.

Thomas war wie betäubt. Ihm erschien alles wie ein böser Traum. Er hatte alles auf eine Karte gesetzt und verloren. Eva aber hatte den höchsten Preis bezahlt, nämlich ihr Leben.

LIEBE IST DER HIMMEL; KANN ABER AUCH DIE HÖLLE SEIN!

Liebe im Krieg
(Eine Fiktion)

Die Schritte am Gang näherten sich, gingen am Schrank vorbei und entfernten sich wieder. Walter Schneider saß in dem eineinhalb mal eineinhalb Meter großen Raum auf seinem Toilettenkübel, über den man ein Brett zum Sitzen gelegt hatte. Es war kalt in diesem Raum, doch es war zur Zeit die einzige Möglichkeit, sich zu verstecken. Er war desertiert und musste im Fall seiner Ergreifung mit einer harten Strafe rechnen.

Allerdings war nicht nur seine eigene Einheit zu fürchten. Langsam zerrieben sich deren Kräfte und es war damit zu rechnen, dass bald der Gegner das kleine Dorf, in dem sich sein Versteck befand, überrollen würde. Wer dann noch eine Uniform anhatte, wurde erbarmungslos deportiert. Männer im wehrfähigen Alter, welche in Zivilkleidern herumgingen, betrachtete man als potenzielle Partisanen und fasste sie in Lager zusammen.

Jakob, der Altbauer hatte bereits zwei große Kriege überdauert und betrachtete die ganze Situation mit der Gelassenheit des Alters. Er war zweiundachtzig Jahre alt und hatte sein

Leben gelebt. Sein Sohn, der jetzt den Hof bewirtschaftete, war geflohen. Er war früher politisch tätig und daher musste er befürchten, verhaftet zu werden. Seine Familie jedoch war dageblieben. Luzia, seine Frau und Margret, seine Tochter hatten alle Hände voll zu tun, um den Betrieb am Laufen zu halten.

Da kam Walter Schneider an ihren Hof. Auf seinem Kopf hatte er einen blutigen Verband, die Ärmel seiner Uniformbluse waren aufgerissen und er hatte nichts mehr, als die Kleider auf seinem Leib.

„Bitte helft mir. Ich kann nicht mehr!" hatte er den Altbauern angefleht. Der drehte sich um und ging wortlos weg. Seine Enkelin, die Margret hatte das getan, was Jakob tun hätte sollen. Sie führte den Verwundeten hinter das Haus zum Hühnerstall und zeigte ihm die kleine Kammer. Auch gab sie ihm einen Toilettenkübel und erklärte ihm, er könne diesen am Abend, wenn er Essen bekam, entweder ihr oder ihrer Mutter mitgeben.

So saß er jetzt in dieser Kammer und wartete. Es gab hier nur zwei schmale Oberlichten als Fenster und vor den Eingang hatte man einen alten Kasten geschoben, um ihn zu tarnen. Nach einiger Zeit war die Luft in dem Raum ziemlich abgestanden und der Kübel roch. Walter

Schneider war verzweifelt. Wie sollte er hier wieder herauskommen? Er hatte sich selbst in eine Falle begeben.

Da kamen die Schritte wieder. Sie hatten einen harten, doch eigenartigen Klang. Dann klopfte jemand an den Kasten und gleich darauf wurde der zur Seite gerückt.

Margret stand da, mit einem Korb in der Linken und einem Berg Decken über den rechten Arm gehängt. Im Korb befand sich seine Mahlzeit. Eine Flasche mit zwei Litern Wasser, eine Rolle Toilettenpapier und ein Handtuch waren auch drin. Sie hatte mitgedacht und reichte ihm jetzt wortlos ihre Lasten. Er nahm sie an, murmelte leise ein „Danke" und stellte alles zusammen an der hinteren Wand des Raumes ab.

„Morgen bringe ich dir einen Korbsessel. Der Opa braucht ihn nicht mehr, und bevor er ihn wegwirft ....." meinte sie schüchtern mit gesenktem Blick. Ihr war der Fremde trotz seiner Verwundung etwas unheimlich. Er tauchte so unvermittelt auf dem Hof auf. Man konnte an seiner Uniform nicht mehr feststellen, zu welcher Einheit er gehörte, welchen Dienstgrad er hatte, ja, ob sie überhaupt ihm gehörte. Sie hing mehr, als sie saß, an diesem hageren Körper. Er dankte nochmals und sie ging wieder. Als sie den Kasten wieder vor den Eingang schob, war ihm, als würde er lebendig begraben.

Draußen vor dem Haus war es gespenstisch still. Das Schießen und Krachen hatte aufgehört, nur der Gestank des Schießpulvers war noch schwach zu riechen. Walter lauschte. Diese Ruhe war kein gutes Zeichen. Man konnte darauf schließen, dass sich seine Einheit in den großen Wald am Rande des Tales zurückgezogen hatte. Das hieße aber, dass der Feind in unmittelbarer Nähe war.

Jetzt kamen wieder Schritte. Er hörte, wie draußen die Kastentür geöffnet wurde. Es klopfte an die Kastenrückwand und Walter hüstelte verhalten.

„Du, sag, brauchst du einen neuen Verband auf dem Kopf? Die Mama hat einen hergerichtet. Und Wundbenzin haben wir auch, damit wir die Wunde reinigen können."

„Das Mädel wird einmal eine gute Mutter!" dachte Walter, während er an seinem Verband herumfingerte. Das Blut darunter war gestockt und machte ihn hart wie einen Helm.

„Ja, ich wäre froh, wenn sich das jemand anschauen könnte. Sag deiner Mama, dass ich warte." flüsterte er.

„Du musst lauter reden. Ich kann dich durch

den Kasten nicht hören. Also brauchst du einen neuen Verband?"

„Ja, wenn es sich machen lässt."

„Natürlich. Sonst würde ich dich ja nicht fragen."

Margret war mutiger geworden. Der Fremde war offenbar von Natur aus nicht gefährlich. Man hatte ihn zum Militär gezwungen, wie so viele, so schien es ihr.

„Ich gehe jetzt und hole die Sachen. Ich komme bald wieder" Ihre Schritte entfernten sich und es wurde wieder still.

Walter hob das Handtuch vom Korb. In einem alten Menagegeschirr aus Aluminium war sein Essen. Er hob den Deckel und sah ein Stück Schweinebraten. Dazu ein Riesen-Knödel und etwas warmer Krautsalat. Im unteren Geschirr war etwas Haferflockensuppe, die noch fast heiß war. Die Wasserflasche aus Plastik war ihm angenehm, Glas war in seiner jetzigen Situation eher unangebracht. Zu groß war die Gefahr, dass er im Schlaf daran stieß und sie umfiel und zerbrach. Man hatte ihm einen Trinkbecher aus Aluminium beigelegt, damit er nicht aus der Flasche trinken musste. Und ganz unten befand sich, in einer Serviette eingehüllt, das Besteck. Als er es anhob, kam noch ein rotbackiger Apfel zum Vorschein.

„Gut" dachte er, „Wenn sie nicht kommt, dann esse ich einmal. Ich habe sowieso einen Bärenhunger"

Er breitete das Handtuch über seine Knie, nahm die Suppe, die jetzt schon eine erträgliche Temperatur hatte, aus dem Korb und stellte den Behälter zwischen seine Beine. Dann begann er langsam zu essen. Es schien ihm, als hätte er noch nie etwas Besseres gegessen. Ansonsten war Haferflockensuppe eher nicht ganz sein Geschmack, aber erstens war sie vorzüglich zubereitet und zweitens war sie von seinem Hunger noch einmal veredelt.

Als Nächstes folgte der Schweinsbraten, den er mindestens so achtsam wie die Suppe verzehrte. Ein Stück abgeschnitten, mit der Gabel zum Mund geführt, gründlich gebissen und dann hinuntergeschluckt. Hintennach ein Stück Knödel und dann etwas Krautsalat. So aß er voll Andacht, und es schien ihm, als wäre sein Schicksal plötzlich viel leichter. Er aß gründlich und mit Appetit, trank danach einen Schluck Wasser und lehnte sich zufrieden zurück. Er schloss jetzt die Augen. Im Geist erschien ihm jetzt seine Mutter, wie sie geweint hatte, als er einrücken musste. Er seufzte auf. Wahrscheinlich glaubte sie, er wäre, wie so viele Kameraden von ihm, bei den Kämpfen umgekommen. Um ein Haar wäre es ja tatsächlich soweit gewesen, wenn er nicht den Mut gehabt hätte, feig zu sein.

Nochmals seufzte er. Dann räumte er entschlossen das leere Geschirr in den Korb und nahm den Apfel heraus.

„So, du wartest auf einen besonderen Augenblick. Jetzt würdest du nur in der Menge untergehen." führte er ein Selbstgespräch, während er den Apfel zwischen den Decken verstaute.

Das Mädchen war immer noch nicht gekommen. Langsam machte er sich Sorgen. Sie hatte nicht den Eindruck gemacht, als wäre sie unzuverlässig. Er kontrollierte den Korb noch einmal, ob er auch alles eingeräumt hatte, dann schenkte er sich noch einen Becher Wasser ein, den er langsam trank.

Seine Blessuren schmerzten ihn etwas, aber sie waren nicht gefährlich. Er lehnte sich auf seinem Kübel gegen die Wand und wäre beinahe umgekippt. Der Kübel klapperte etwas, doch er fiel nicht um. Als er sich wieder nach vorne beugte, hörte er ganz weit weg Stimmen. Sie klangen für ihn fremd, und sie klangen erregt. Es war eine tiefe Männerstimme, die dann von einer etwas helleren Männerstimme unterbrochen wurde, welche aber Deutsch sprach. Das konnte er an der Sprachmelodie erkennen. Was genau gesprochen wurde, konnte er aber nur sehr bruchstückhaft verstehen.

Zwei Frauenstimmen redeten heftig dazwischen, dann hörte man ein Geräusch, wie wenn eine schwere Holztür ins Schloss fiel. Danach war Stille.

Walter lauschte, doch momentan war Ruhe. Dann hörte er diese Schritte, die ihm heute schon einmal aufgefallen waren. Wieder wurde der Kasten geöffnet, wieder hörte er das Klopfen und er hüstelte schwach. Draußen wurde der Kasten weggeschoben und das Mädchen stand vor ihm.

„Du, die Mama traut sich nicht herunter, sagt sie. Ich soll dich verbinden. Na, hoffentlich kann ich das!" meinte sie, während sie den Essenskorb nach draußen stellte, damit sie Platz bekam. Walter rückte mit dem Kübel etwas nach hinten, sodass sie neben ihm zu stehen kam.

„Was hast du denn überhaupt?" fragte Margret.

„Schau nach, ich weiß es auch nicht. Mir hat nur einer da einen Verband gemacht, weil mir dauernd das Blut in die Augen gelaufen ist"

Margret betrachtete den Verband etwas unschlüssig. Dann griff sie in ihre

Schürzentasche und brachte eine Schere zum Vorschein. Walter schaute misstrauisch.

„Hast du vielleicht Angst? Ich muss den Verband herunterschneiden, er ist ganz verklebt und lässt sich nicht abwickeln."

Margret nahm die Schere korrekt in die Hand und begann den Wundschutz zu zerschneiden. Als sie die letzten Reste entfernte, hielt sie sich die Linke flach vor den Mund.

„Jesus, Maria und Josef! Na das schaut aus! So, jetzt heißt es die Zähne zusammenbeißen, junger Mann. Das kann man nicht so lassen, das gehört gesäubert. Brennt vielleicht ein wenig, aber dafür kann es dann heilen"

Geschickt wie eine Sanitäterin schüttete sie eine farblose Flüssigkeit auf ein Stück Gaze und wischte über die Wunde. Sofort war der Stoff blutig. Es brannte höllisch und Walter zuckte.

„Lieber Freund! Ich weiß, das tut weh, aber wenn du dich zusammenreißt, sind wir gleich fertig. Dann kriegst du ein Zwickerbussi, so wie es Helden halt kriegen bei uns" Margret lachte etwas bei diesen Worten.

„Gut, ich zucke nicht mehr. Aber du hältst Wort. Versprich mir das!"

Walter fand trotz seiner traurigen Lage seinen Humor wieder. Er hatte sich satt gegessen, er hatte Decken für ein Nachtlager bekommen und jetzt wurde er noch medizinisch versorgt. Das war mehr, als er noch vor einem Tag zu hoffen wagte.

„Wer hat denn da oben geredet, bevor du gekommen bist?" fragte er.

Margret zuckte die Schultern, während sie die Wunde besonders gründlich putzte.

„Keine Ahnung, wer das war. Zwei Männer in so erdbraunen Uniformen, der eine hat Deutsch geredet, der Andere war irgend ein Ausländer."

Sie versuchte, die Situation herunterzuspielen, was ihr aber nicht ganz gelang.

„So, meine Dame, jetzt lügst du aber. Ich habe deutlich gehört, wie du und deine Mutter dagegengeredet habt. Also, was hat der Bursche gewollt?"

Ohne es zu wollen, war seine Stimme fordernd geworden.

„Na, was halt alle Männer wollen. Aber meine Mama hat ihnen gleich Paroli geboten, da sind sie wieder abgezwitschert. Wäre ja noch schöner!"

Walter gab keine Ruhe.

„Sag, hat er nicht nach anderen Soldaten gefragt?"

„Ja, aber nur so nebenbei. Hauptsächlich habe wir ihn interessiert."

Sie war jetzt mit dem Verband fertig geworden und fasste Walter unter dem Kinn und drehte seinen Kopf zu ihr her.

„Na, jeder Sultan hätte einen Neid bekommen wegen so einem schönen Turban" meinte sie. „So, und jetzt halte deine Schnute her, jetzt gibt's die Belohnung"

Sie fasste ihn mit beiden Händen an den Backen, zwickte diese zusammen und auf den spitzen Mund hauchte sie einen Kuss.

Dann drehte sie sich um, lachte kokett, ergriff den Korb und schob dann, nachdem sie auf den Gang getreten war, den Kasten zurück in seine Position. Den ganzen Weg zurück hörte Walter sie übermütig lachen.

„Na also, das hat gerade noch gefehlt. Das Mädel hat womöglich gar keine Ahnung, in welcher Gefahr sie ist." dachte er. Insgeheim beschloss er, um die Bauersfamilie nicht unnütz zu gefährden, sobald es ging, wieder vom Hof zu schleichen. Obwohl er wusste, dass das fast unmöglich war, befasste er sich damit, so einen Ausbruch zu planen.

Dazu legte er sich eine Decke der Länge nach zusammen, legte sich drauf und deckte sich mit zwei weiteren Decken zu. Dann versank er in Gedanken.

Als er wieder munter wurde, schepperte Blechgeschirr und er hörte Kühe brüllen.

„Na gut, dann ist es fünf Uhr früh" dachte er sich. „So schön wäre es hier auf dem Hof, man könnte arbeiten, die Kühe melken, das Gras mähen, und am Sonntag in die Kirche gehen, wenn dieser Scheiß-Krieg nicht wäre."

Er verzog bitter das Gesicht. Plötzlich hörte er ganz in der Nähe Kanonendonner. Dann folgte Gewehrfeuer und schwere Motoren dröhnten. Sie entfernten sich weiter und weiter. Kurz darauf war wieder Ruhe.

Die Stille wurde jedoch jäh unterbrochen, als in unmittelbarer Nähe zwei Granaten einschlugen. Die eigenen Leute schossen also zurück. Walter legte sich flach auf den Boden und hielt die Hände schützend über seinen Kopf. Dann entfernten sich die Einschläge und Walter lauschte. Jaulend zogen die Geschosse hoch über das Haus und schlugen weit daneben ein.

„Hosenscheißer!" kommentierte Walter „Ihr schießt halt einfach irgendwo hin, Hauptsache es kracht!"

Dann verebbte der Lärm wieder. Ein paar Flugzeuge zogen pfeifend über das Haus weg und dann spürte man die Erde beben. Das war aber das letzte Aufbäumen, dann kehrte wieder Stille ein.

„Arme Schweine" murmelte er, während er wieder Ordnung in seine Decken brachte. Er faltete sie zusammen und stapelte sie in einer hinteren Ecke seines Verlieses. Dann lauschte er. Nichts war zu hören.

„Na, Frühstück fällt ja heute wohl aus!" dachte er.

Der Kübel, der seine Toilette, war, roch auch nicht gerade angenehm und daher setzte er sich auf den Deckenstapel und deckte den Kübel mit seinem Sitzbrett ab. So ließ es sich aushalten. Fast wäre er eingeschlafen, als er plötzlich wieder das Klappern der Holzpantoffel hörte. Margret kam, und mit ihr das Frühstück. Einen halben Liter Kakao und zwei Stück Bauernbrot. Keine Butter, kein sonstiger Aufstrich, nur zwei trockene Stück Brot.

„Sie haben uns den Strom abgedreht. Darum haben wir händisch melken müssen. Und dann sind zwei so Vögel gekommen und haben alles, was sie an Essbarem gefunden haben, weggebracht. Es wird eng in den nächsten Tagen. Gott sei Dank hat der Opa die Selchkammer zugerammelt. So haben wir wenigstens noch etwas Speck. Und einen Sack Weizen haben wir auch noch. Wir müssen ihn halt händisch mahlen. Aber sonst ...." sagte Margret etwas bedrückt.

„Na, wenn es möglich ist, kann ich euch wenigstens beim Mahlen helfen. Ich bin froh, wenn ich etwas zu tun habe. Sonst werde ich noch verrückt" bot Walter an.

„Schau, die Mühle hat ein Mordsgewicht. Die da herunterschaffen, ist mehr Arbeit, als oben mahlen. Und da hinauf kommst du mir nicht. Da haben sie dich in null Komma nix. Man hört sie ja nicht kommen, auf einmal stehen sie da. Und die spaßen nicht"

Margret machte ein ernstes Gesicht, als sie das sagte. Walter fuchtelte mit den Händen herum.

„Aber irgendwas muss ich doch tun! Kann ich euch denn gar nicht helfen?"

Margret zuckte mit den Schultern.

„Ich wüsste nicht ....." meinte sie resignierend.

„Hör einmal! Du kannst dir nicht vorstellen, wie lang so ein Tag ist in so einem Loch. Da wird man.."

Plötzlich fiel ihm auf, was er da für Unsinn redete. Anstatt dass er froh war, hier ein relativ sicheres Versteck gefunden zu haben, ätzte er über die Qualität seiner Unterkunft.

Margret schien dies aber gar nicht

aufgefallen zu sein. Sie dachte anscheinend nach.

„Doch, ich hätte eine Arbeit für dich. Zwar keine besonders Intelligente, aber da könntest du mir ganz schön helfen. Da drüben steht eine Kukurutzmühle. Und daneben ein Sack Mais. Den müsstest du reiben. Halt händisch, aber du hast ja Zeit. Den brauche ich für die jungen Hühner, und für mich ist das jedes Mal Schwerarbeit."

Walter schaute erfreut.

„Na, wenns sonst nichts ist. Warte, ich komm gleich mit" meinte er.

„Du bleibst da! Wir schaffen die Mühle da her, stellen sie in den Kasten und du montierst in der Zwischenzeit die Rückwand ab, damit du darin arbeiten kannst. Wenn du willst, kannst du mir die Mühle und den Kukurutz herüberschaffen helfen, aber das war's auch schon"

Margret konnte ganz schön resolut sein, wenn's drauf ankam. Walter fügte sich. „Wenn du fertig bist, kriegst noch einmal ein Zwickerbussi. Das macht man so bei uns" bot sie ihm an.

„Ein ganz guter Brauch! Sollte man überall einführen" lachte er.

Dann gingen die Beiden hinüber und

schleppten die Maismühle zum Kasten. Als Walter noch einmal mitgehen wollte, um den Mais zu holen, schob sie ihn mit der Hand zurück.

„Du machst jetzt die Rückwand ab. Den Kukurutz hole ich alleine"

„Aber du kannst doch nicht ...." warf Walter ein.

„Ich kann! Glaub mir! Ich bin am Land aufgewachsen, da müssen Frauen alles können. So, und jetzt husch!" scheuchte sie ihn zurück in seine Kammer.

„So mit den Fingern geht das nicht!" protestierte er.

„Dann warte einen Moment, ich bringe dir Werkzeug. Aber sei trotzdem leise, man weiß nie, wer zuhört"

Damit verschwand sie und man hörte gleich darauf Metall rasseln. Als sie wieder erschien, trug sie ein ziemlich stark lädiertes Holzkistchen mit verschiedenen Werkzeugen darin.

„Da, mehr habe ich nicht gefunden. Aber ich glaube, damit geht's schon. So und ich gehe jetzt um den Mais" meinte sie und klapperte davon.

Walter begann die Rückwand abzumontieren. Die Schrauben waren rostig und ziemlich abgenutzt, offensichtlich waren sie schon öfter in Gebrauch gestanden. Es dauerte etwas, bis er die ersten vier Schrauben an der Oberseite gelöst hatte.

Dann kam das Klappern der Holzpantoffel wieder und Margret kam mit einer Sackkarre, auf dem sie einen großen Sack fuhr.

„Na, habe ich dir nicht gesagt, dass ich das alleine schaffe? Gelt, jetzt schaust du!" sagte sie, während sie versuchte, die Karre aufzukippen.

„Geht nicht, verdammter Mist! Der Sack rutscht nicht! Willst noch ein Bussi, dann hilf mir"

Walter sprang hin und im Nu stand der Sack im Kasten.

„He, was ist mit der Belohnung?" fragte er.

„Schreib's auf!" antwortete sie lachend.

„Das ist Betrug! Komm sofort her!" rief er erbost.

„Gut, wenn du willst! Aber dann hast du am Abend nichts zu kassieren. Bedenke das!" sagte sie jetzt ernst, während sie zu ihm hinging.

Walter schaute sie lange an. Das war ein verdammt hübsches Mädel, die da vor ihm stand. In ihrer einfachen Landtracht war ihm das gar nicht so sehr aufgefallen.

„Die Mutter hat immer gepredigt: Sparen,

sparen, sparen! Gut, dann sparen wir halt was zusammen bis zum Abend. Ist's recht so?"

Margret nickte und wurde ein bisschen rot.

„Wenn du ganz brav und artig bist, können wir ja drüber reden" gab sie ihm leise zur Antwort.

Dann drehte sie sich plötzlich um und ging ein paar Schritte den Gang entlang.

„Ich muss jetzt der Mama helfen. Die wartet schon auf mich. Zu Mittag komme ich wieder. Und jetzt musst du frühstücken, dein Kakao ist schon ganz kalt"

Sie ging wieder ein paar Schritte, dann drehte sie sich um.

„Du musst mir deinen Kübel mitgeben. Ich leere ihn aus und bringe ihn dir wieder. Los, gib her"

Walter schaute etwas unschlüssig, als er den Kübel ergriff und durch den Kasten durchreichte.

„Schau nicht so, ich hab dir doch schon gesagt, wir sind hier am Land. Da geht es halt ein weniger rustikaler zu wie bei euch"

Sie nahm den Kübel und entfernte sich. Er setzte sich wieder auf die Decken und begann mit dem Frühstück. Er aß wieder mit Bedacht und trank den Kakao, so als wäre es Meßwein. Nach zwanzig Minuten war er fertig und satt.

Er lehnte sich zurück und schloss die Augen.

Immer schon hatte er sich heimlich das gewünscht, was er jetzt und hier hatte. Jemand, der ihn umsorgte und in ihm einen Menschen sah. Dazu noch so eine hübsche Begleitung auf seinem Weg durchs Leben. Er seufzte.

Dann wurde er sich plötzlich wieder der Ausweglosigkeit seiner Situation bewusst. Irgendwann würden sie kommen und alles durchsuchen. Dann wäre sein Leben womöglich keinen Pfifferling wert. Dabei hatte er keine Möglichkeit, sich zu wehren. Er war seinem Schicksal blind ausgeliefert.

Nach gut einer halben Stunde kam Margret wieder. Sie schwang den Kübel und zog eine Spur von Wassertropfen nach sich. Das Klappern ihrer Holzpantoffel klang etwas weniger fröhlich wie sonst.

„Die stehen schon wieder da und wollen was zu essen. Nur was sollen wir ihnen geben? Wir haben ja selbst kaum mehr was. Wäre nicht der Opa, der da Vorräte angelegt hat, hätten wir gar nichts mehr"

Missmutig stellte sie den Kübel ab. Walter schaute betreten. In so einer Situation ein Fresser mehr, das spielte schon eine Rolle.

„Brauchst keine Angst zu haben, das bisserl, das du isst, das macht das Kraut auch nicht fett.

Aber beim Nachbarn haben sie gestern eine Kuh geholt. Der braucht aber die Milch, weil es heuer auch keine Ernte geben wird"

Walter reichte ihr den Aluminiumbecher, in dem sich vorher der Kakao befand.

„Lassen sie euch wenigstens in Ruhe oder wollen sie da auch das Vieh holen?" fragte er.

„Bis jetzt nicht. Die Mama hat ihnen so zwanzig Kilo Erdäpfel gegeben und dann sind sie wieder abmarschiert. Dann haben wir ja noch die Kuhle draußen beim Teich. Da haben wir das Gemüse eingelegt über den Winter. Jetzt wird es wahrscheinlich nicht mehr besonders sein, aber zum Herschenken muss es reichen"

Gerade als sie das sagte, erschütterte ein ohrenbetäubender Lärm das ganze Haus. Gleich darauf hörte man Mauerwerk bröckeln und Holzbalken ächzen.

„Hast du das gehört? Da schießen die eigenen Leute auf uns. Eine Schande ist das"

Margret deutete empört in Richtung des Ausgangs.

„Bis jetzt hat sich noch nichts Schlimmes ereignet. Gestern haben wir zwei Treffer auf der Zufahrt erhalten. Der Opa hat Schotter in die Trichter gefüllt und jetzt ist alles wieder in Ordnung. Hoffentlich ist der Mama und dem

Opa nichts passiert"

„Na, da haben sie wohl mit Knallerbsen geschmissen, wenn dein Opa die Trichter mit Schotter auffüllen hat können. Wenn das richtige Kaliber sind, die reißen schon ein gewaltiges Loch" sagte Walter darauf.

„Weißt du, ich glaube, die haben gar nichts mehr Anderes. Ein paar Gewehre und kleine Kanonen. Und bald sind dann alle tot"

Walter stellte sich neben sie und legte ihr den Arm um die Schulter.

„Sie haben nicht die Spur einer Chance. Jeder Tote ist einer zuviel. Du kannst dir nicht vorstellen, wie es bei uns zugegangen ist. Da bin ich einfach abgehauen, weil ich sowieso nichts mehr tun hätte können. Irgendwann wird sich schließlich ein vernünftiger Mensch finden, der dem ganzen Schlamassel ein Ende bereitet. Und den werden sie danach dafür steinigen. So ist die Welt"

Margret drückte sich eng an ihn.

„Bleibst du mir wenigstens?" fragte sie ängstlich.

„Schau an, ein ungläubiger Thomas! Und noch dazu ein weiblicher. Also, wenns dich beruhigt: Mich bringt keiner dazu, dass ich freiwillig von hier fortgehe. In Ordnung?"

Dazu küsste er sie auf die Nase.

„So, jetzt hast du einen von unseren Bräuchen kennengelernt. Gefällt er dir?"

Margret nickte.

„Pass auf, am Abend zeig ich dir noch so ein paar davon. Sind ganz lustig, wenn man sich einmal dran gewöhnt hat"

Margret schaute lächelnd zu ihm auf.

„So, jetzt muss ich aber wirklich nach oben zur Mama. Es gibt Arbeit über Arbeit und ich stehe hier und tratsche"

Sie machte sich los und ging.

„So, tschüss bis Mittag. Und vergiss nicht zu arbeiten. Du hast erst vier Schrauben weggetan"

Damit bog sie ums Eck und außer Sichtweite von Walter.

Bis Mittag war er dann damit beschäftigt, die Rückwand des Kastens zu entfernen. Er war so in seine Arbeit vertieft, dass er gar nicht merkte, was sich um ihn herum abspielte. Er wurde erst darauf aufmerksam, wie die Zeit verging, als Margret mit dem Essen kam.

„Heute gibt's nur Erdäpfelsuppe mit Brot. Wir haben auch nichts Anderes. Die Kerle wollen uns jetzt die Schweine wegnehmen. Dafür geben sie uns so ein Klopapier, das sie Geld nennen. Man kann sich nirgends wo was dafür kaufen, keiner nimmt den Schund. Hauptsache, sie haben die guten Schweine von uns. Am liebsten würde ich sie alle auslassen, dass sie sich plagen müssen, wenn sie sie einfangen"

Man konnte Margret ansehen, wie empört sie war.

„Ich glaube, deine Leute haben sich jetzt alle abgesetzt. Man hört keinen Schuss mehr und die Lastwagen fahren herum, wie im tiefsten Frieden"

„Kein besonders gutes Zeichen! Solange sie mit unseren Leuten beschäftigt sind, fangen sie nicht an, herumzusuchen. Jetzt muss man rechnen, dass sie bald kommen und alles durch und durch drehen. Hoffentlich gibt es da nicht so einen Idioten, der glaubt, er muss den Helden spielen. Dann müssen alle anderen dafür zahlen. Das habe ich schon gesehen, wie das ausschaut"

Walter war zutiefst beunruhigt.

„Was sagt denn dein Opa dazu?" fragte er.

„Der redet nichts, der sitzt den ganzen Tag oben in seinem Zimmer und raucht sein Stinkekraut. Ein Gasangriff kann auch nicht schlimmer sein"

Beide lachten bitter.

„Scheiß Welt, Scheiß Krieg, dreimal Scheiße!" brach es jetzt aus Walter heraus. „Wie schön könnten wir es haben, hätten wir uns beim Tanzen kennengelernt. Zwanzig

Kinder könnten wir schon haben!" spöttelte er.

„Na, wie stellst du dir das vor? Ich bin doch erst achtzehn!"

„Ist egal, sind es halt eines oder zwei weniger. Aber der Spaß beim Tanzen! Übrigens, ich kann gar nicht tanzen"

„Macht nichts, wir werden in nächster Zeit sowieso keine Gelegenheit dazu haben. Und bis es wieder ruhig ist, bringe ich es dir schon bei"

Wieder lachten beide.

„So, jetzt iss deine Suppe, sonst wird die auch noch kalt wie der Kakao. Übrigens: Der Krach in der Früh war unser Geißenstall. Volltreffer, mitten durchs Dach. Jetzt schaut es aus wie nach einem Erdbeben. Allerdings den Schafen hat's nichts getan, die sind alle geflüchtet und treiben sich drüben beim Wald herum. Wahrscheinlich nicht lange, dann fangen sie die Burschen ein"

„Sei froh, dann haben sie was zu tun. Schafe scheren, Wolle spinnen, Socken stricken... Die haben nämlich keine Mama da, die müssen das selber tun"

„Bist ein Blödel. Wenn sie das täten, würde ich ihnen sogar dabei helfen. Können ja auch nichts dafür, die jungen Buben. Die haben sie geholt, genau wie dich".

Walter wollte sich jetzt mit der

Suppenschüssel in der Hand auf den Packen Wolldecken setzen.

„Jö! Habe ich dir nicht den Korbsessel vom Opa verspochen? Wart, ich hole ihn gleich!"

Margret nahm die Pantoffel in die Hand, damit sie barfuß schneller laufen konnte. Im Nu war sie weg.

Einige Minuten später, Walter hatte inzwischen fast die ganze Suppe gegessen, hörte man die Pantoffel wieder klappern. Margret kam und schleppte einen Korbsessel an.

„Pass auf, den stellen wir jetzt aber nicht hier hinein, sondern den lassen wir vorläufig da heraußen stehen. Sonst kannst du dich ja da drin nicht mehr rühren. Den Kasten schieben wir jetzt wieder vor den Eingang, man kann ja jetzt durchgehen. Und da habe ich einen Riegel. Den montierst du innen, dann kann man den Kasten von außen nicht aufmachen. Er ist einfach zugesperrt, sagen wir und den Schlüssel haben wir verloren"

Margret lachte spitzbübisch.

„Du bist ein Schatz! Jetzt kann ich endlich wieder normal sitzen. Glaubst du, kann ich ihn hier stehen lassen? Wenn wer kommt, bin ich - husch - im Schrank. Und jetzt baue ich die Rückwand so, dass man sie wieder schließen kann"

Margret lachte noch einmal.

„Schau, langsam lernst du von mir. Du wirst sehen, wenn wir einmal die zwanzig Kinder haben ...."

„Das war aber kein Versprechen! Neunzehn tun es notfalls auch" lachte jetzt auch Walter.

Sie alberten noch ein paar Minuten herum, dann sagte Margret zu ihm:

„So, jetzt iss deine Suppe fertig, damit ich die Schüssel mitnehmen kann. Dann mach noch schön Bäuerchen, und dann wird gearbeitet, mein Herr! Die Hühner haben Hunger"

Walter tat, was ihm geheißen und Margret nahm die Schüssel und ging. Er setzte sich in den Korbsessel und machte die Augen zu. Er fühlte sich wohl und satt. Beinahe wäre er eingeschlafen, als er oben eine Tür knallen hörte. Flink wie der Blitz verschwand er im Kasten.

Ein paar Minuten später kam Margret wieder.

„Stell dir vor, jetzt haben sie schon eine Sau abgeholt. Na, sind das Diebe? Und das am helllichten Tag! Und bezahlt haben sie auch nicht. Ist auch besser so, die Mama hätte sich über diese Papierfetzen bloß geärgert"

Walter stand und schaute durch die eine offene Kastentüre.

„Und was sagt der Opa da? Und hast du eigentlich keinen Vater? Warum lässt sich der das gefallen? Da wäre ich an seiner Stelle längst schon beim Kommandanten und würde mich beschweren. So ganz ohne Not dürfen sie nicht einfach beschlagnahmen, so haben wir das zumindest gelernt"

Margret machte eine wegwerfende Handbewegung.

„Mein Papa ist ein Großmaul, genau wie der Opa. Er war vor einiger Zeit Vizebürgermeister und jetzt glaubt er, man würde ihn kassieren. Da hat er sich abgesetzt. Bleibt alles an der Mama und mir hängen"

„Also ich hätte da keine ruhige Minute, wenn ich weiß, dass meine Frau und mein Kind in Gefahr sind" sagte Walter, während er jetzt wieder ganz aus dem Kasten trat. „Lasst euch von denen nicht alles gefallen! Wehrt euch! Es geht ja schließlich um euer Überleben. Wenn ihr nichts mehr zu beißen habt, gibt euch keiner von denen was" sagte Walter erregt.

„Das ist leichter gesagt als getan. Der Dolmetsch sagt, wir sollen tun, was sie sagen, dann bleiben sie friedlich. Und mit denen selbst kann man ja nicht reden, weil sie uns nicht verstehen"

Margret richtete sich wieder zum Gehen. Sie

hing sich bei Walter an den Hals und zog ihn zu sich herab.

„So, Tschüss mein Held. Ich kümmere mich jetzt ums Vieh. Am Abend komm ich wieder!" Damit hüpfte sie den Gang entlang, was mit den Holzpantoffeln einen etwas sonderbaren Eindruck machte. Walter aber machte sich an die Arbeit.

Am Abend, so gegen sieben Uhr, kamen auf einmal andere Schritte den Gang entlang. Es war Luzie, die Mutter von Margret. Walter war natürlich vereinbarungsgemäß in den Kasten verschwunden. Bei dem blieb Luzie jetzt stehen und klopfte an die Tür. Walter räusperte sich und Luzie öffnete den Kasten.

„Du hör mal" sagte sie zu ihm „Du setzt dem Mädel ja ganz schöne Flausen in den Kopf. Wir sollen uns wehren! Weißt du, was die mit uns tun, wenn sie besoffen sind? Da ist es besser, sich mit ihren Kommandanten gut zu stellen und nicht zuviel Wind zu machen. Verstehst du, was ich meine?"

Walter verstand, und, um nicht unnützen Streit zu entfachen, schwieg er lieber. Luzia stellte ihm das Abendessen, eine zweite Portion Kartoffelsuppe, diesmal mit etwas angerösteten Speck, auf den Korbsessel. Dann verabschiedete sie sich.

„So, wohl bekomms, wie wir sagen. Und überleg dir, was du so einem jungen Mädel einredest. Und noch eins: Wenn sie sich mit dir etwas anfängt, dann sei ein Mann und steh dazu. So einen Hasenfuß haben wir schon einen in der Familie. Einen Zweiten brauchen wir nicht"

Luzia ging, wobei ihre Lederpantoffel sonderbar schlürfende Geräusche machten. Walter ging wieder in seinen Kasten und richtete alles her, dass er notfalls wieder rasch verschwinden konnte. Dann setzte er sich auf den Sessel und aß achtsam und konzentriert die Suppe.

Was hatte die Frau Mama gesagt? Wenn du dir etwas anfängst, sei ein Mann. Walter war finster entschlossen, dies bis zu letzten Konsequenz zu sein.

Nachdem er fertig gegessen hatte, lehnte er sich im Sessel zurück und dachte nach. Die Chancen standen gar nicht schlecht, dass er sich wirklich bald bewähren müsse. Aber zuvor wollte er Margret beweisen, dass er sie wirklich liebte. Eine sonderbare Sache, in dieser Zeit, aber vielleicht die einzige Möglichkeit, herauszukommen ohne Schaden an seiner Seele zu nehmen.

Margret setzte allerdings seine Geduld auf

eine harte Probe. Als er schon beschloss, sich in seinen Raum zurückzuziehen, hörte er plötzlich leise tapsende Schritte. Es war Margret, die da kam, die Holzschuhe in der Hand.

„Die Mama hat mir Zimmerarrest gegeben. Aber sie hat vergessen, zuzusperren. Jetzt bin ich einfach abgehauen" begründete sie ihr spätes Kommen.

Walter dachte praktischer.

„Wenn wir da sitzenbleiben, erwischt sie dich sicher, wenn sie draufkommt, dass du weg bist. Können wir nicht woanders hingehen?" fragte er.

„Ich habe mir gedacht, wir legen uns da hinein. Aber du hast recht. Die Mama kommt ganz sicher da her, wenn sie mich sucht. Wenn sie anklopft, und du rührst dich nicht, hast du einfach geschlafen. Aber wenn sie uns erwischt, dann raucht's sicher. Also: Wo gehen wir hin?"

„Walter schaute unschlüssig. Außer seinem Verlies kannte er nichts in dem Haus.

„Habt ihr einen Heuboden?" fragte er daher.

„Ja, und was für einen! Komm, da gehen wir hin. Und von dort kann ich dann auch ohne Probleme wieder in mein Zimmer gehen"

Sie nahm ihn bei der Hand und zog ihn in Richtung des Hühnerstalles, und von dort über eine steile, schmale Treppe zum Heuboden.

„Schau her, da hat uns sogar einer eine Plane hingelegt. Na so ein netter Mensch. Komm her, du hast ja noch ein Guthaben von der Früh" sagte sie und zog ihn zu sich. Keine Minute später lagen sie eng umschlungen auf der Plane und küssten sich leidenschaftlich.

„Gelt, du tust mir aber nicht weh. Ich bin nämlich noch Jungfrau" flüsterte sie ihm ins Ohr, während sie seine suchenden Hände an ihrem Körper verspürte. Sie hielt dagegen und irgendwann hatten sie dann beide das Gefühl, als würde sich das Universum zu ihnen herunterbeugen. Sie liebten sich mehr als drei Stunden ohne Unterlass, so als gäbe es kein Morgen, und ihre ineinander verschränkten Körper sahen aus wie bei einem Ringkampf. Endlich ließen sie erschöpft voneinander ab. Atemlos lagen sie nebeneinander und hielten sich nur bei der Hand.

„Du sag einmal, ist das bei allen zwanzig Kindern so anstrengend?" fragte sie, während sie die Plane unter ihrem Körper wieder richtete.

Walter nickte todernst. Leider konnte das Margret nicht sehen, weshalb sie ihn fragend anstupste.

„Natürlich," sagte er „Schöne Kinder machen ist eine Heidenarbeit. Da muss man viel üben dazu" und er zog sie wieder zu sich und küsste ihren ganzen Körper.

Als der Mond schon schräg am Himmel stand und die Nachtluft beide schweißnassen Körper etwas zu stark abkühlte, verabschiedeten sie sich mit einem letzten leidenschaftlichen Kuss voneinander. Dann kleideten sie sich flüchtig an und trennten sich.

„Auf Widersehen Du! Ab heute bist du meine Frau" flüsterte er ihr zärtlich zu, während sie bereits auf der anderen Seite des Heubodens zu ihrem Zimmer hinunterkletterte. Er jedoch begab sich wieder in sein Quartier und schlief tief und fest.

Am nächsten Morgen weckte ihn wieder das Scheppern der Milchkübel und er hörte lautes Reden. Dann kamen die schlürfenden Schritte von Luzie wieder den Gang entlang und sie klopfte an die Kastentür. Walter kletterte mühsam in die Höhe und öffnete den Riegel, den er am Vortag angebracht hatte. Luzie stand draußen mit zornrotem Gesicht.

„Habe ich zu dir nicht gesagt, dass du dich wie ein Mann benehmen sollst? Und was machst du? Du legst dich mit ihr ins Heu, als wäre sie eine Dienstmagd! So war das nicht gemeint!" Walter war etwas verlegen, als er Luzie bedeutete, in sein Quartier zu kommen.

„Weißt du, wir sollten da draußen nicht so einen Krawall schlagen. Margret und ich sind uns einig. Wir gehören zusammen. Lass diesen Scheiß Krieg nur vergehen, dann heiraten wir und ich werde Bauer. Was aus deinem Mann wird, soll uns egal sein"

Luzies Gesicht bekam auf einmal eine Milde, wie sie nur eine liebende Mutter haben kann.

„Du versprichst mir, dass du sie glücklich machst. Ich bin auf so einen Hallodri hereingefallen, der Margret soll es nicht so gehen"

Walter stellte sich jetzt eng vor sie.

„Ich verspreche dir, dass ich mich immer bemühen werde, ihr ein anständiger Mann zu sein. Ich hätte auch gar keinen Grund, es nicht zu sein"

„Gut, ich will dir glauben. Und jetzt ist hoffentlich dieses Unglück bald vorbei. Im Radio haben sie schon gesagt, dass verhandelt wird. Und dann wird sich herausstellen, was von meinem Schwiegersohn in spe zu halten ist"

Luzie rauschte ab und das Schlürfen ihrer Ledersohlen verebbte langsam. Walter rieb sich den Schlaf aus den Augen. Er hatte zuvor tief und fest geschlafen und verspürte jetzt bereits ein wenig Hunger. Doch es sollte noch etwas dauern, bis das Klappern der Holzpantoffel das Kommen von Margret und mit ihr, das des Frühstücks ankündigte.

„Servus, du mein Herkules! Da ist der Kaffee. Heute gibt es keinen Kakao, weil die Mama hat Butter gerührt. Und ein Kakao mit Magermilch schmeckt nicht gut!"

Margret stellte eine Kaffeekanne und den Aluminiumbecher dazu auf den Sessel und legte zwei große Butterbrote auf einem Teller daneben.

„Weil wer was leistet, muss auch gründlich essen. Heute Mittag gibt es übrigens kein Fleisch, sondern Kohlrabigemüse mit Kartoffel. Darum iss jetzt brav, damit du nachher keinen Hunger hast"

Walter lächelte. Besser hätte eine Ehe gar nicht beginnen können.

„Schönen Dank, holde Maid. Lass meine müden Augen sich an deinem edlen Körper erfreuen" Damit drehte er Margret wie beim Tanz und sie tat so heftig mit, dass ihr Kittel nur so in die Höhe flog.

„Du pass auf, sonst schüttest du noch den Kaffee aus. Du wirst jetzt nämlich frühstücken und ich trage inzwischen den Kübel aus"

Sie ergriff den Toilettenkübel und marschierte damit den Gang hinunter. Walter setzte sich hin, goss Kaffee in den Becher und nahm einen kräftigen Bissen vom Butterbrot. So ging es dahin, bis er einen halben Liter Kaffee und die zwei Butterbrote restlos verputzt hatte.

Wie auf Kommando erschien jetzt Margret mit dem gewaschenen Kübel.

„Jetzt sind die Idioten schon wieder da! Heute wollten sie eine Kuh, aber die Mama hat nein gesagt. Jetzt haben sie die zwei toten Ziegen von gestern aufgeladen. Ich kann dir sagen, der eine hat so einen Zorn gehabt, das hat man nicht übersetzen brauchen"

Walter beugte sich zu ihr herab und streichelte sie über die Backen.

„Deine Mama hat gestern zu mir gesagt, ich darf dich nicht aufstacheln, weil das ist gefährlich. Und jetzt begehrt sie selbst auf. Sag ihr einen schönen Gruß von mir: Was ist wertvoller, eine Kuh oder das Leben! Sie soll gescheit sein und das Tun, was man von ihr verlangt. In ein paar Tagen ist Ruhe und dann schaut alles ganz anders aus"

Margret stampfte mit dem Fuß auf wie ein ungezogenes Kind.

„Trotzdem: Die Kuh gehört uns und wir brauchen die Milch. Eine tote Kuh kann niemand mehr melken"

„Papalapapp! Und eine tote Margret kann keine Milch mehr trinken. Wozu braucht sie dann noch eine Kuh?"

Margret mockte.

„Die brauchen das Fleisch ja gar nicht. Die bekommen sowieso vom Militär die Verpflegung. Nur weil sie Feinspitze sind, wollen sie natürlich das Bessere und nicht Krautsuppe löffeln"

„Mag sein! Aber diese Diskussion kann man erst führen, wenn wieder Ordnung im Land ist. Derzeit muss man sich ducken, damit der Segen über einen hinweggeht"

„Weißt du was? Du drehst dich wie ein Fähnchen im Wind! Gestern hast du mir einen Vortrag gehalten, dass wir uns viel zuviel gefallen lassen und heute sollen wir uns ducken! Ich denke nicht daran! Da geht es ums Prinzip"

Walter wollte sie an sich drücken, aber sie stieß ihn empört weg.

„Sonderbare Helden sind das! Beschützer der Witwen und Waisen! Und dann krachen sie in die Hosen. Geh weg! Ich halte das nicht mehr aus!"

Sie drehte sich um und lief weg, soweit die Holzpantoffel das zuließen.

Walter betrachtete jetzt sein Versteck von

außen. Dabei fiel ihm auf, dass der Kasten zwischen Wand und Kastenrückwand einen zwei Zentimeter breiten Spalt machte, durch den das Tageslicht von der Oberlichte seiner Kammer fiel. Ein halbwegs aufmerksamer Beobachter würde das bemerken und sofort darauf schließen, dass dahinter ein Raum ist. Walter überlegte. Man musste diesen Spalt so abdichten, dass man den Kasten zwar verschieben konnte, aber das Licht verdeckt war. Er rückte den Kasten etwas nach links und schaute. Das Licht kam jetzt ungebremst herein und machte auf der gegenüber liegenden Wand des Ganges einen grellen Streifen.

Er rückte den Kasten zurück und musste sich plagen, weil im Kasten ja die Maismühle und der Kukurutz waren. Und, was noch schlimmer war, der Kasten machte ein Schleifgeräusch und am Betonboden blieb jetzt ein Streifen vom Abrieb.

Er ging hin und versuchte, diesen Streifen mit den Schuhen wegzurubbeln. Nach mehreren Versuchen gelang ihm das auch. Dann ging er wieder durch den Kasten in sein Versteck. In der Werkzeugkiste suchte er herum, bis er ein altes Küchenmesser darin fand. Das schärfte er an dem Griffstück einer Beißzange und dann opferte er eine Decke, um eine Abdichtung für den Lichtspalt herzustellen. Nägel zum Befestigen fand er auch. Es klappte, und er stieg wieder auf den Gang, um sein Werk zu prüfen. Zufrieden setzte er sich in seinen Sessel.

„Dass denn die Weiberleut immer spinnen müssen" seufzte er zu sich selbst. Er war Margret nicht böse, sie war jung wie er, und ihre Mutter hatte es gut gemeint. Dass sie jetzt selbst gegensätzlich handelte, schob er auf die Unberechenbarkeit des weiblichen Geschlechts.

Von fern hörte er jetzt das Klappern der Holzschuhe.

„Aha, jetzt kommt sie und will sich entschuldigen" dachte er bei sich und setzte sich in einer lässigen Position hin.

Es war tatsächlich Margret, aber sie wollte sich nicht entschuldigen, sondern sie warnte ihn.

„Geh sofort hinein! Jetzt sind ein paar gekommen, mit denen ist nicht zu spaßen. Die suchen den Papa, weil mich heute einer dabei beobachtet hat, wie ich deinen Kübel ausgeleert habe. Sie sind gleich in die Küche und haben das Menagegeschirr gefunden. Jetzt wissen sie, dass wir jemanden verstecken. Noch glauben sie, dass es der Papa ist. Aber verkrieche dich und sei ganz leise"

Walter trat jetzt in den Kasten, drehte sich

aber noch einmal um.

„Jetzt frage ich mich, was wollen die von deinem Vater. Vizebürgermeister ist ja schnell mal wer. Die können doch nicht alle Vizebürgermeister einsperren"

„Weiß ich nicht. Anscheinend hat er irgendwas getan oder er war irgendwas, was wir nicht wissen. Jedenfalls suchen sie ihn intensiv. Schau, dass du hineinkommst!"

Walter trat jetzt in sein Versteck und befestigte die Kastenrückwand provisorisch. Dann setzte er sich auf den Toilettenkübel, nachdem er das Brett wieder darübergelegt hatte. Er atmete ganz leise und horchte, ob er jemanden kommen hörte. Bald schon vernahm er Stimmen, die er jedoch nicht verstand, weil sie nicht deutsch sprachen. Sie kamen den Gang entlang, gingen aber am Kasten vorbei und nach rückwärts, wo sich der Hühnerstall befand. Dann scheinbar wieder ein kurzer Kriegsrat, schließlich entfernten sie sich wieder.

Walter atmete erlöst tief durch. Das war knapp, empfand er. Er wechselte jetzt den Platz und setzte sich auf die verbliebenen Decken. Sollte dennoch einer der Soldaten hereinkommen, könnte er sich so besser wehren.

Es war wieder ganz still. Einen Moment

glaubte er, die Soldateska wäre bereits abgezogen, als er laute Männerschreie hörte. Jemand schrie vor Schmerz und versuchte, gegen die Behandlung zu protestieren, doch vergebens. Die Schreie wurden schließlich schwächer und gingen dann in ein Wimmern über.

Walter war über alle Maßen entsetzt und erregt. Ganz offensichtlich befand sich hier ein Mensch in größter Not. Nur, er konnte nicht helfen. Kurze Zeit später hörte man schwere Militärstiefel über die Holztreppe vom ersten Stock herunterpoltern. Eine Männerstimme schrie etwas und eine Frauenstimme schrie dagegen. Das musste Luzie sein. Jetzt hörte er auch deutsche Worte.

„Reden Sie! Wo ist ihr Mann? Wir wissen, dass sie jemanden verbergen. Wenn sie nicht reden, zünden wir den Hof an und der Bursche verbrennt dann mit allem, was drin ist. Also: Wo ist er?"

Luzie schrie verzweifelt.

„Ich weiß es nicht! Er ist vor ein paar Wochen bei Nacht und Nebel verschwunden. Uns hat er sitzengelassen. Glauben Sie mir!"

„Na gut, sie wollen es nicht anders. Ich gebe Ihnen jetzt fünf Minuten Bedenkzeit. Dann wollen wir wissen, wie wir dran sind. Sagen sie nichts, überlassen wir sie den Wachen. Die bringen sie dann schon zum Reden, so oder so"

Man hörte, wie eine Tür knallend ins Schloss fiel. Daran, wie deutlich Walter alles gehört hatte, erkannte er, dass die Tür vom Stallgang ins Haus offen war. Walter kam eine verwegene Idee.

Würden alle dann wieder in der Stube sein, könnte er ins Haus schleichen und Margret einfach mit sich davonschleppen. Das traute er sich schon zu, das leichte Mädchen ein Stück zu tragen. Und dann hieß es schnell sein. Vom Teich bis zum Waldrand waren es bestenfalls zweihundert Meter, wovon gut die Hälfte durch eine Senke ging und daher nicht einsehbar war. Im Wald waren sie sicher, da waren die eigenen Leute.

Walter dachte nach. Als er gekommen war, ging er am Teich vorbei. Er ging zuvor durch die Senke, weil da konnte man ihn von oben nicht sehen. Also stimmte seine Berechnung.

Er machte sich dran, seinen Plan zu verwirklichen. Zuerst entfernte er wieder die Rückwand, entriegelte die Kastentüren und öffnete diese einen Spalt weit. Dann schaute er vorsichtig durch. Niemand da.

Jetzt musste er warten, bis wieder alle wieder in der Stube waren, dann ging es los. Leider ging nicht alles so, wie er es geplant hatte, denn inzwischen hatten die Wachen mitgekriegt, dass da noch ein Mädchen sein musste. Sie begannen zu suchen, während die drei Männer, welche zuvor Luzie bedrängt hatten, wieder in die Stube gingen. Die Wachen suchten Raum für Raum ab, doch Margret war nicht auffindbar.

Inzwischen ging in der Stube das Verhör weiter. Man hörte Hiebe klatschen, Stoff reißen und dazwischen Flüche, die man aber nicht verstand. Luzie schrie, aber was, konnte man nicht verstehen.Dann hörte Walter wieder den Dolmetscher in fast beschwörendem Ton.

„Bitte sagen Sie jetzt, wo der Mann ist, den sie hier verstecken. Ihm passiert nichts, wenn es nicht ihr Mann ist. Den müssen wir leider mitnehmen auf die Kommandantur. Aber seien Sie doch vernünftig"

Luzie stammelte etwas. Man konnte nicht verstehen, was sie sagte, sie sprach, als hätte sie einen Knebel im Mund.

„Was haben Sie gesagt? Man kann Sie so nicht verstehen. Sagen Sie es nochmals, ich übersetze es"

Wieder bemühte Luzie sich, deutlich zu sprechen. Walter konnte jetzt aber nichts verstehen, weil die Wachen zurückkamen. Das Gepolter der Stiefel mischte sich mit dem

Gewirr der Stimmen. Dazwischen hörte er jetzt deutlich die Stimme von Margret.

„Finger weg da! Das ist mein Körper. Der geht euch nichts an!"

„Alle Achtung, das Mädel hat Mut. Da kann man sich eine Scheibe davon abschneiden" dachte Walter, während er versuchte, möglichst geräuschlos ins Haus zu kommen.

Die Wachen gingen jetzt mit Margret in die Stube. Im Hausdurchgang war jetzt niemand mehr und Walter gelang es, sich hinter einem Mauervorsprung zu verstecken. Er musste aber wissen, was in der Stube vor sich ging, sonst konnte er gar nichts tun.

Um das zu erfahren, öffnete er vorsichtig die Haustür und trat vor das Haus. Er spähte unter dem Vorhang durch, der um ein paar Zentimeter zu kurz war.

Im Vordergrund saß Luzie. Das Gesicht war total verschwollen, aus der Nase und einem Mundwinkel rann Blut und ihre Arme waren an die Lehne des Sessels gebunden. Man hatte ihr die Bluse zerrissen und ihre schweren Brüste hingen bis fast zum Bauch herab. Momentan aber ließ man sie in Ruhe.

Margret stand zwischen zwei Wachen da und redete mit einem Mann in brauner Uniform. Sie redete anscheinend ganz normal, und der

Uniformierte schaute sie zweifelnd an. Dann begann er wieder zu brüllen.

„Sei still! Wo ist Mann? Wo ist Papa? Reden!"

Scheinbar waren das die einzigen deutschen Worte, die er beherrschte. Walter hatte genug gesehen. Er konnte nur hoffen, dass Margret nichts geschah. Helfen konnte er ihr so nicht, das war offensichtlich. Er schlich wieder ins Haus und versteckte sich hinter dem Vorsprung.

Der Dolmetsch wandte sich jetzt ruhig an Margret.

„Du sollst sagen, wer da bei euch ist. Wenn es ein Fremder ist, braucht sich der nicht zu fürchten. Wir müssen nur deinen Vater zur Kommandantur bringen. Alle anderen Leute interessieren uns nicht"

Walter dachte: "Hoffentlich geht sie ihm nicht auf den Leim. Zuerst sanft und danach grob. Das kennen wir!" Er konnte hören, wie Margret zum Sprechen ansetzte und Luzie dazwischenfuhr.

„Still bist! Red nicht!"

Die Quittung dafür war ein Schlag mit dem Handrücken quer über ihr Gesicht. Als Nächstes zogen zwei der Wachen Margret zu einem weiteren Sessel und wollten sie dort offensichtlich anbinden.

Walter hielt das nicht aus. Er fasste den Entschluss, einzuschreiten. Mit Gewalt erreichte man gar nichts, das war ihm klar. Es waren zehn Bewaffnete gegen ihn, aber er musste sich auf das Wort des Dolmetschers verlassen, es blieb ihm nichts anderes übrig.

Er ging ganz normal zu Tür, öffnete sie und sagte:

„Lasst sie in Ruhe. Ich bin ...."

Eine kurze Garbe aus der Maschinenpistole eines Wachmannes unterbrach seine Rede. Blut spritzte, er taumelte, dann fiel er rücklings nieder. Er war schon tot, noch bevor er am Boden aufschlug.

Margret machte einen Schrei und riss sich los. Sie sank über ihn und schluchzte bitterlich. Keiner der Männer hinderte sie. Sie verließen die Stube schweigend und traten vor das Haus.

Der Anführer redete kurz, dann gingen alle zu ihrem Lastwagen und saßen auf. Der Motor heulte auf und der Wagen fuhr vom Hof.

Walter wurde zwei Tage später auf dem Dorffriedhof beigesetzt. Der Pfarrer und zwei Ministranten, zwei Sargträger, Luzie und Margret waren die Einzigen, die dem Sarg folgten. Luzie trug einen dichten schwarzen Schleier, damit man ihr zerschlagenes Gesicht nicht sah. Margret ging wie in Trance, Schritt für Schritt. Als der Sarg in die Grube fuhr, schluchzte sie noch heftig auf. Sie nahm eine Handvoll Erde und warf sie, fast trotzig, auf den Sarg. Danach ging sie weg, steif wie ein Holzpflock.

Einen Tag später kam der Waffenstillstand. Luzie und Margret interessierte er nicht mehr. Ihre Welt war eine andere geworden.

Als Walters Sohn auf die Welt kam, war alles wieder im tiefsten Frieden. Alles war wie früher, nur niemand lachte mehr. Der Bauer blieb verschwunden, der Opa lebte auch nicht mehr. Er war kurz nach dem Vorfall verstorben. Nur ein schlichtes Holzkreuz mit einem Bild im Herrgottswinkel erinnerte an Walter Schneider.